창의인성 숲속이야기

# 창의인성

천재성과
상상력을
키워 주는

# 숲속이야기

김동훈 지음

한언

　왜 대한민국에는 빌 게이츠와 스티브 잡스, 조앤 롤링 같은 인물이 없을까요? 제아무리 창의적인 영재라도 대한민국에서 초중고 12년만 공부하면 평범한 사람이 되는 이유는 무엇일까요? 우리 교육은 어째서 세계적인 인재를 길러 내지 못하는 걸까요?

　이 질문들에 대한 대답은 바로 '창의성'에 있습니다. 우리는 똑똑한 사람이 되기 위해서 매일 영어, 수학, 과학 등등 많은 과목을 배웁니다. 그러나 스스로 생각해 내는 능력은 배우지 못했습니다.

　하지만 이제는 창의적인 생각을 못 하는 사람, 또 창의적이기는 하지만 바람직한 인성을 갖추지 못한 사람은 더 이상 환영받지 못하는 시대가 되었습니다. 그래서 우리나라도 주입식 교육, 대학 입학시험 위주의 학교 교육에 대해 반성하며 이를 고치기 위해 노력하고 있습니다.

　한 사람이 창의성과 인성을 함양하기 위해서는 다양한 체험 활동

만으로는 부족합니다. 그 체험을 통해 느낀 것은 무엇이고 그 과정을 어떻게 받아들일 것이며, 또 어떤 방식으로 정리할 것인지가 더없이 중요하죠.

얼마나 많은 사람들이 알프스를 밟았겠어요. 선생님은 알프스에 발을 딛는 순간 온몸이 얼어붙는 경이로움을 느꼈답니다. 그러나 알프스에 가 본 모든 사람들이 똑같은 경이로움을 느끼지는 않았을 것입니다. 또 경이로움을 느꼈다 하더라도 그런 감정이 모든 사람들에게 창조적 에너지를 선사하지는 않았을 것입니다.

어떤 일을 어떻게 받아들이느냐는 사람마다 무척 다르답니다. 따라서 자신의 체험을 적절하게 해석하고 표현해 내며, 그것을 삶에 적용하여 새로운 것을 만들어 내는 일 역시 사람마다 다르죠. 그 능력의 차이가 바로 창의성의 차이입니다.

이런 점에 착안하여, 이 책에서는 다양한 상황을 설정하고 그 속에 여러분이 직접 들어가서 생각하고 상상하며 때로 고민하게 함으로써 자연스럽게 창의성과 인성을 기르고 닦을 수 있도록 하였습니다.

이 책은 크게 4개의 장으로 이루어져 있습니다. 각 장의 도입부에는 창의성과 인성에 대한 소개를 실었습니다. 창의성이란 무엇이며 창의적인 사람의 특징은 무엇인지, 창의성과 인성을 기르기 위한 방법은 무엇인지를 소개했어요. 또한 창의성에 왜 인성이 보태져야 하는가도 설명하였습니다.

도입부가 끝나면 여러분이 직접 체험 활동을 해 보는 시간입니다. '창의인성 숲 속 이야기'가 재미있게 펼쳐집니다. 여기에는 주제문과 보충 설명 그리고 여러분이 자신만의 생각을 펼칠 활동 문제가 있습니다. 또한 주제문과 관련하여 더 생각해 볼 토론 문제와 재미있는 창의 유머, 상식도 실려 있습니다. 활동 문제를 어렵게 느낄 필요는 없어요. 창의성에 정답은 존재하지 않거든요. 여러분이 생각한 것이 정답입니다.

이 책을 통해서 여러분은 내면에 잠들어 있는 창의성을 마음껏 발휘할 수 있을 것입니다. 물론 남을 배려하고 세상을 품는 인성 또한 기를 수 있겠죠? 학교에서 친구들과 함께 해 보면 더욱 좋습니다. 친구의 생각과 내 생각을 합쳐 또 다른 아이디어를 반짝 빛낼 수도 있거든요. 집에서는 부모님과 함께 읽고 같이 활동해 보세요. 부모님과 '주제가 있는 대화, 쟁점이 있는 대화'를 해 보는 새로운 경험을 할 수 있을 것입니다.

이 책이 우리나라의 미래를 짊어질 여러분의 창의성과 인성을 기르는 데에 조금이라도 보탬이 된다면 선생님은 더없이 행복할 것입니다.

김동훈

## 차례

# 이 책의 활용법!

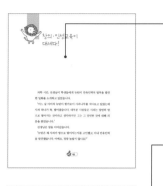

## 첫 번째, 창의·인성에 대한 알찬 정보 살펴보기

창의성과 인성에 대한 다양한 연구 결과를 읽어 보세요. 창의적인 사람, 인성 좋은 사람으로 자라는 배경 지식을 튼튼히 쌓을 수 있답니다.

## 두 번째, 재밌는 이야기 읽기

때로는 웃기고, 때로는 황당하고, 때로는 고민에 빠지게 만드는 48가지 이야기를 읽어 봅시다! 고전, 동화, 인물 일화, 상식까지 다양한 분야의 이야기가 여러분에게 생각할 거리를 가득 안겨 줄 거예요.

## 세 번째, 생각이 껑충 뛰어오르는 간단 메모 보기

책 가장자리에는 이야기와 관련된 정보를 담은 메모가 있습니다. 어휘 풀이, 토론 거리, 빵 터지는 유머를 보며 잠시 쉬어 가세요.

## 네 번째, 이야기를 더욱 깊게 이해하기

각 이야기마다 선생님이 추가 설명을 덧붙였습니다. 이야기의 숨은 뜻을 쉽게 풀이해 주고 또 때로는 다른 이야기를 덧붙여 주제를 명확히 보여 줄 거예요.

다섯 번째, 창의 · 인성 퀴즈 풀어 보기

창의성과 인성이 쑥쑥 자라나는 퀴즈를 풀어 볼까요?
정답은 없습니다. 여러분이 생각하는 대로 자유롭게 써
보며 상상력을 발휘해 보세요.

## 더 많은 생각이 궁금하다고요? 다양한 창의력을 만나러 오세요!

'창의 · 인성 퀴즈를 풀긴 했는데…… 내 생각이 창의적인 걸까?'

혹시 여러분이 펼친 생각이 얼마나 창의적인지 궁금한가요? 그렇다면 창의 · 인성 블로그에 와
보세요. 여러분 또래의 친구들은 어떤 생각을 했는지 확인해 볼 수 있답니다. 나와 다른 친구들
의 생각을 보면 창의력이 쑥쑥 자랄 수 있을 거예요.

또 여러분의 글을 블로그에 올려 뽐낼 수도 있습니다. '내 생각은 정말 창의적인 것 같아!'라고
생각하는 친구들은 바로 오셔서 글을 올려 주세요. 선생님이 직접 여러분의 글을 보고 피드백
을 줄 거예요.

창의성은 다양한 생각이 조화롭게 모일 때 더욱 자라난답니다. 창의 · 인성에 관심이 있는 친구
면 누구나 환영합니다. 여러분의 반짝반짝 빛나는 생각을 기다립니다!

창의인성 숲 속 이야기 블로그 http://blog.naver.com/haneonmk

# 이야기의 힘

이 세상에는 다채로운 빛깔의 이야기가 가득합니다. 우리 조상들이 지혜로 만들어 낸 이야기, 고뇌와 묵상으로 길어 올린 혼이 담긴 이야기, 사람과 사람이 부딪히며 만들어진 마찰음이 담긴 이야기, 인간의 한계에 도전한 이야기 등 셀 수 없이 많은 이야기가 있죠. 그런데 이 이야기에 엄청난 힘이 숨어 있다는 걸 알고 있나요?

이 세상에 널려 있는 수많은 이야기는 때로 우리가 시간과 공간을 초월할 수 있도록 만들어 줍니다. 사실 사람은 평생 시간과 공간의 영향을 받습니다. 아무리 오랫동안 세계 일주를 해도 가 볼 수 없는 곳이 존재하고, 타임머신이 발명되지 않는 한 과거나 미래로 가는 건 엄두도 못 낼 일입니다. 그러나 이야기는 타임머신처럼 시간과 공간을 뛰어넘게 해 줍니다. 이야기를 통해 우리는 상상할 수 없는 저 끝까지 가 볼 수 있습니다.

또한 이야기들은 예술 작품의 원재료가 됩니다. 책이나 영화가 되기도 하고, 음악이나 미술 작품으로 변신하기도 합니다. 지금 우리 눈에 보이는 온갖 사물들은 눈에 보이지 않은 이야기에서 비롯된 것인지도 모릅니다.

우리는 이야기를 읽고 들으며 생각의 바다에 풍덩 빠질 수도 있습니다. 이야기 속에 깊이 들어가 그 속에서 가슴 벅찬 감동을 느끼기도 하고 때로는 삶의 문제를 진지하게 고민하기도 하며, 같은 상황에서도 각자 다른 생각을 할 수 있다는 사실을 깨닫게 되죠.

'생각하지 않고 살면 사는 대로 생각하게 된다.' 프랑스의 시인이자 극작가인 폴 발레리의 말입니다. 무슨 의미일까요? 항상 '어떻게 생각할 것인지'를 골몰하며 살아야 행복해질 수 있다는 뜻이 아닐까요? 그렇습니다. 사람의 두뇌를 자극하여 생각하는 기능을 향상시키는 여러 방법 중 하나가 바로 이야기를 사용하는 것입니다. 그래서 선생님도 스토리텔링(Storytelling)과 스캠퍼(SCAMPER) 기법을 이야기에 접목하여 이 책을 썼습니다. 이 두 가지 기법을 조금 더 자세히 설명을 해 줄게요.

## 스토리텔링이 뭐죠?

스토리텔링은 문학에서 나온 용어입니다. 말 그대로 '이야기를 들려준다'는 의미인데요. 다만, 원래 있던 이야기를 그냥 들려주는 게 아니라 재가공해서 이야기가 가지고 있는 힘을 극대화해 들려주는 것입니다. 재미와 감동, 인상적인 장면 등을 이용해 전달 효과를 높이는 방법이죠.

최근에는 스토리텔링이라는 용어가 사회 각 분야에서 자연스럽게 사용되고 있습니다. 스토리 마케팅을 예로 들어 볼까요? 예전에 이런 보일러 광고가 있었습니다. 추운 밤, 허름한 시골집 풍경 속에 한 노인이 아궁이에 불을 지핍니다. 그리고 그 장면 위로 걱정스러운 며느리의 목소리가 깔립니다. "아버님 댁에 보일러 놔 드려야겠어요." 이 광고에서 보일러는 그냥 보일러가 아니라 고향에 계신 아버님 어머님의 따뜻한 밤을 걱정하는 효부의 이야기가 담긴 보일러입니다. 그야말로 '이야기가 담겨 있는 광고'라고 할 수 있겠죠. 이렇게 상품에 감동적인 이야기를 덧입혀서 소비자와 감성적인 의사소통을 시도하는 것이 바로 스토리텔링 마케팅입니다.

이처럼 사람의 감성을 자극하여 정서적인 교감을 유도하는 스토리텔링은 창의 · 인성교육에 매우 적합한 방법입니다.

## 스토리텔링에 스캠퍼 기법을 더하면?

이 책에 실려 있는 48편의 이야기들은 아주 다양한 내용을 담고 있습니다. 어떤 이야기는 감동적일 것이고 어떤 이야기는 골똘한 생각에 잠기게 할 거예요. 이 이야기들은 선생님이 여러분의 창의성과 인성 함양에 도움을 주기 위해 편집하거나 직접 창작한 것들입니다.

각각의 이야기에는 '스캠퍼'라고 하는 사고 기법을 적용하였습니다. 스캠퍼 기법이란 알렉스 오즈번과 로버트 에베를레에 의해 개발된 사고 기법입니다. 다각적인 사고를 통해 아이디어를 얻기 위한 것이죠. 주로 어떤 사물을 발명하고 개선하는 데에 적용해 왔습니다. 그러나 선생님은 이야기에다 이 기법을 적용하여 보았습니다. 이야기를 읽은 후 여러분이 하게 될 창의 · 인성 활동에 스캠퍼 기법을 활용한 것입니다.

스캠퍼 기법에는 총 7개의 사고 기법이 포함되어 있습니다. '대체하기(Substitute), 결합하기(Combine), 응용하기(Adapt), 변형하기(Modify), 다르게 활용하기(Put to other uses), 제거하기(Eliminate), 뒤집기(Reverse)'입니다. 각 단어의 머리글자를 따서 스캠퍼(SCAMPER)라고 이름 붙인 것입니다. 더 명확한 이해를 위해 예를 들어 볼까요?

### 1. 대체하기

컵은 원래 흙을 굽거나 유리를 이용해 만듭니다. 하지만 어떤 독창적인 사람이 '종이로 컵을 만들어 보면 어떨까?' 하고 생각했고, 실제로 종이컵을 만들었죠. 이것이 바로 흙이나 유리를 종이로 대체한 사례입니다. 종이는 물에 젖으면 흐물흐물해지거나 찢어진다는 상식을 깨고 독창적인 생각을 한 사람만이 종이컵을 만들 수 있었던 것입니다.

### 2. 결합하기

연필 꼭지에 지우개를 붙인 지우개연필을 우리는 대수롭지 않게 생각하지만, 사실 이것을 처음 생각해 낸 사람은 대단한 창의력의 소유자입니다. 두 가지 물건을 합쳐 유용한 새 물건을 만들어 내는 건 쉽지 않거든요. 지우개연필 외에도 프린터와 복사기 그리고 팩스를 합친 복합기나, 전화기와 카메라를 합친 카메라폰 등 결합하기의 예는 이루 헤아릴 수 없을 만큼 많습니다.

### 3. 응용하기

'벨크로'라는 것을 아나요? 이름이 낯설게 느껴지지만 '찍찍이'라고 하면 금방 알아차릴 거예요. 가방이나 신발 등에 지퍼 대신 사용하는 편리한 물건입니다. 벨크로는 스위스의 메스트랄이란 사람이 발명한 것으로 알려져 있습니다.

어느 날, 메스트랄이 숲에 나갔다 돌아오니 바짓단에 도꼬마리가 가득 붙어 있었습니다. 이를 이상히 여긴 메스트랄은 현미경으로 도꼬마리를 관찰했죠. 그 결과 도꼬마리 끝부분이 갈고리처럼 살짝 말려 있는 것을 알게 되었습니다. 그리고 이를 응용하여 벨크로를 만들었답니다.

**도꼬마리란?**
국화과의 한해살이풀입니다. 메스트랄의 바짓단에 붙은 것은 도꼬마리의 열매인데요, 갈고리 모양의 가시와 짧은 털로 뒤덮여 있죠. 줄기에도 거친 털이 많이 나 있으며, 잎 가장자리도 톱니 모양입니다.

## 4. 변형하기

실내에 들어오면 긴 우산은 자리를 차지하는 골칫거리가 됩니다. 그래서 일자로 뻗은 우산살을 한 번 접히도록 만든 것이 바로 접이식 우산입니다. 긴 우산보다 훨씬 부피가 줄어들어 편리하죠. 이렇게 어떤 물건을 일부분을 변형하여 새롭고 또 편리한 것을 발명할 수 있답니다.

## 5. 다르게 활용하기

유명 관광지에서는 낡은 버스를 개조한 식당을 볼 수 있습니다. 또 커다란 장독을 화분처럼 활용해서 포도나무를 심기도 하죠. 다르게 활용하기는 우리 주변에서 흔히 볼 수 있답니다.

## 6. 제거하기

사람의 손가락은 다섯 개입니다. 그렇다고 장갑의 손가락도 반드시 다섯 개여야 할까요? 벙어리장갑의 탄생은 이런 질문에서 시작되었습니다. 장갑의 손가락 부분을 세 개나 제거한 것이죠. 제거하기는 필요 없는 요소를 제거하거나 원래 있던 것을 없애 새로운 스타일을 창조해 내는 기법입니다.

## 7. 뒤집기

뚜껑은 항상 윗부분에 있어야 한다는 고정관념을 깨면 어떤 일이 벌어질까요? 핸드크림이나 샐러드 소스통 중에는 뚜껑이 아래에 있는 것이 많습니다. 뚜껑이 아래 있다 보니, 세워 두기 편리해 내용물이 뚜껑 근처에 모이도록 만들어 주죠. 덕분에 내용물을 쉽고 빠르게 짜서 쓸 수 있습니다.

이해가 잘되었나요? 그럼 이번엔 '새로운 모자 만들기'라는 과제에 스캠퍼 기법을 활용해 봅시다.

## 새로운 모자를 만들기

| 대체하기 | 모자 대신 부채나 종이봉투를 접어서 쓴다. |
|---|---|
| 결합하기 | 모자에 MP3를 장착하여 모자도 쓰고 음악도 즐길 수 있게 만든다. |
| 응용하기 | 실내에서는 손쉽게 접어서 스카프로 사용할 수 있게 만든다. |
| 변형하기 | 모자에 주름을 많이 넣어서, 펴면 양산이 되도록 만든다. |
| 다르게 활용하기 | 모자를 반으로 접으면 부채가 되게 만든다. |
| 제거하기 | 모자의 창만 남기고 머리를 덮는 부분은 떼었다 붙일 수 있게 해, 더울 때는 통풍이 잘되게 한다. |
| 뒤집기 | 모자 안감을 바깥으로 뒤집으면, 전혀 다른 모양과 색깔의 또 다른 모자가 나오게 한다. |

자, 이제 우리는 이 7개의 스캠퍼 기법을 적용한 이야기를 만나 볼 거예요. 어떻게 했냐고요?

| 대체하기 | 등장인물을 다른 사람으로 바꾸기, 장소와 시대적 배경 바꾸기 등 |
|---|---|
| 결합하기 | 두 개의 짧은 이야기를 결합하여 새로운 내용의 글 구상하기 등 |
| 응용하기 | 제시한 이야기를 읽고 자신의 생활과 태도에 적용하기 등 |
| 변형하기 | 긴 이야기를 요약하거나 이야기의 주제를 정반대로 구상하기 등 |
| 다르게 활용하기 | 제시된 글을 광고문이나 편지 등 다른 형식으로 바꾸기 등 |
| 제거하기 | 어떤 이야기에서 특정한 사건을 제거하거나 특정 인물을 없애기 등 |
| 뒤집기 | 사건의 순서를 바꾸거나 원인과 결과 등을 서로 바꾸어 제시하기 등 |

스캠퍼 기법을 이용하여 만든 활동을 직접 작성하면서 여러분의 창의성과 인성이 성장하고, 나아가 글쓰기 능력도 늘어날 것입니다. 그럼 이제 이야기의 세계로 들어가 볼까요?

**CHAPTER 1**

# 창의 · 인성교육이
# 대세다!

# 창의·인성교육이
# 대세다!

과학 시간, 선생님이 학생들에게 뉴턴이 만유인력의 법칙을 발견한 일화를 소개하고 있었습니다.

"어느 날 아이작 뉴턴이 한가로이 사과나무를 쳐다보고 있었는데 사과 하나가 툭, 떨어졌습니다. 대부분 사람들은 사과는 당연히 땅으로 떨어지는 것이라고 생각하지만 그는 그 당연한 것에 대해 의문을 품었습니다."

선생님은 말을 이어갔습니다.

"뉴턴은 왜 사과가 땅으로 떨어지는지를 고민했고, 이내 만유인력을 발견했습니다. 어때요, 정말 놀랍지 않나요?"

선생님의 말이 끝나자 교실 뒤쪽에 앉은 한 남학생이 큰 소리로 외쳤습니다.

"선생님! 만약 뉴턴이 우리처럼 학교에서 책만 보고 있었다면 아무것도 발견하지 못했겠네요?"

생각할 거리를 주는 이야기죠? 정말 우리나라 학생들에게 사과나무를 바라보며 여유롭게 생각할 시간이 얼마나 있었는지 묻게 됩니다. 얼마 전 신문에서 이런 재미있는 이야기를 읽은 적이 있습니다.

조선 후기 정치가인 김옥균이 옥황상제와 내기 바둑을 두고 있었다. 승리의 대가는 똑똑한 천재들을 우리나라에 태어나게 해 준다는 것이었다. 막상막하의 접전 끝에 김옥균이 이기게 되었다. 옥황상제는 약속대로 뉴턴, 아인슈타인, 에디슨, 갈릴레이, 퀴리 부인을 우리나라로 보내 환생시켰다. 그리고 세월이 흘렀다. 김옥균은 천재들이 우리나라를 잘 이끌어 주고 있는지 확인하기 위해 천리경으로 세상을 내려다보았다.

그런데 이게 무슨 일? 다섯 천재들이 대한민국을 세계 일류 국가로 만들고 있으려니 기대했던 것과는 전혀 다른 모습이 보였다.

김뉴턴은 평범한 교사가 되어 있었다. 내놓는 논문마다 기존 학설을 뒤집어 교수들의 눈 밖에 난 탓이었다.

서아인슈타인은 중국집 철가방을 들고 있었다. 과학, 수학은 만점인데 다른 과목은 형편없어 대학 입학시험의 장벽을 넘지 못했던 것이다.

박에디슨은 고시원에서 법률 공부 중이었다. 어마어마한 발명을 잔뜩 했지만 등록 자격 미달, 법적 요건 미비 등으로 특허를 받지 못했고 결국 '법이 곧 밥이다.'라며 늙다리 고시생으로 행로를 바꿀 수밖에 없었던 것이다.

정퀴리를 찾아보니 공장에서 재봉 일을 하고 있었다. 아무리 똑똑해도 외모가 안 따르니 취직이 되지 않았다.

북한에서 태어난 최갈릴레이는 수용소에 있었다. 사상 문제로 인민재판을 받은 뒤 법정을 떠나면서 "그래도 공산주의는 틀렸다."고 중얼거린 죄라나.

다섯 천재의 안타까운 상황에 김옥균은 화가 나서 그만 천리경을 부수어 버렸다.


이 이야기는 '한국에서 천재가 나올 수 없는 이유'라는, 조금은 뜨끔한 유머입니다.

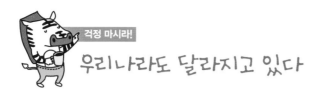

## 우리나라도 달라지고 있다

그렇습니다. 이제는 우리 교육도 달라져야 합니다. 그리고 달라지고 있지요. 지식 전달 위주의 수업과 단순 암기, 문제 풀이식 학습으로는 미래 사회에 대처할 수 없기 때문입니다. 다행히 최근 교육계에서는 창의성과 인성교육에 대한 연구가 활발히 이루어지고 있답니다. 우리나라도 교육 과정을 개정하여 '창의적 체험 활동'을 실시하고 있죠.

대학 입시에도 변화가 나타나고 있습니다. 입학사정관제를 통해 창의성과 인성을 고루 갖춘 학생을 선발하고 있으며, 앞으로 더욱 확대될 예정이라고 합니다. 미국 매사추세츠공과대학교의 입학처장 스튜어트 슈밀 교수는 "성적이 좋은 학생보다는 창의성 있는 학생이 매력 있습니다. 우리는 그런 학생을 선발하기 위해 늘 전략을 구상하고 있죠."라고 말한 바 있습니다. 실제로 매사추세츠공과대학교에서는 입학 면접에서 항상 "재미(fun)를 위해 당신이 지금까지 해 온 일이 무엇이 있습니까?"라는 질문을 던진다고 하네요.

취업 시험에도 변화의 바람이 불고 있습니다. 어느 대기업의 이사에게 직접 들은 이야기입니다. 이곳에서는 신입 사원을 선발할 때 면접시험을 매우 중요시한다고 합니다. 심층 면접이 창의성 있는 인재를 선별하기에 가장 적합하기 때문이죠. 그래서 면접시험 때마다 항상 각별한 노력을 기울이는데, 특히 면접관들에게 응시자가 어느 대학교를 졸업했는지 절대 알려 주지 않는다고 합니다. 학력이라는 간판을 보고 신입 사원을 선발했다가 뼈저린 후회를 한 적이 많았던 탓입니다.

이 기업에서 응시자에게 제시하는 문제들은 대부분 무척 흥미로운 것들이었습니다. 그중 하나를 볼까요?

당신이 어느 빌딩 화장실에서 용변을 보았다. 그런데 휴지가 없다. 당신은 어떻게 하겠는가?

저급한 농담처럼 들리는 이 질문이 대기업의 면접시험 문제라니, 처음엔 믿어지지 않았습니다. 하지만 이런 질문을 하는 데는 다 이유가 있었죠. 응시자들의 남다른 창의성을 보기 위함이었습니다.

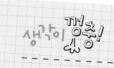

**생각이 껑충!**

**여러분이라면 어떻게?**
만일 여러분이라면 '용변을 보았는데 휴지가 없다. 어떻게 하겠는가?'라는 물음에 어떤 대답을 하시겠어요? 한번 생각해 보세요.

과연 응시자들은 어떤 대답을 했을까요? 대부분의 응시자들은 "휴지가 없다면 양말을 벗어서……."처럼 누구나 생각할 만한 답을 내놓는다고 합니다. 그러면 면접관들은 끊임없이 말꼬리를 물고 질문을 던집니다.

"당신은 지금 양말을 신고 있지 않습니다."

"그럼 지갑 속의 명함으로 처리하겠습니다."

"당신은 지금 지갑을 집에 두고 나왔습니다."

"화장실 밖에서 기다리고 있는 친구에게 화장지를 사다 달라고 휴대 전화로 부탁하겠습니다."

"당신은 지금 휴대 전화도, 기다려 주는 친구도 없습니다."

여러분이 이 상황에 처한 응시자라면 정말 등 위로 식은땀이 흐를 것 같지 않나요? 물론 양말을 신고 있지 않다는 것이나 지갑과 휴대 전화가 없다는 것은 억지일 수 있습니다. 그저 면접관은 질기게 묻고 또 물으면서 응시자가 갖추어야 할 덕목을 살펴보려는 의도인 것입니다.

여러 번 질문을 하면서 면접관은 두 가지에 주목합니다. 하나는 '얼마나 끈기 있는가' 즉, '몇 번 만에 대답을 포기할 것인가'입니다. 무한경쟁 시대에 끈기야말로 직장인이 갖추어야 할 최고의 덕목이기 때문이죠. 그리고 끈기에 못지않게 중요한 것이 바로 '창의성'입니다. 면접관이 눈여겨보는 두 번째 덕목은 '응시자가 얼마나 창의적인 대답을 하는가'입니다. 말도 안 되는 딴죽 걸기에도 눈 하나 깜빡하지 않고 독특한 대답을 하는 응시자를 찾는 것입니다.

이 질문에 재치 있게 대답하여 당당히 회사에 들어간 한 응시자의 답변은 아주 흥미로웠습니다. 한번 들어 볼까요?

"저의 대답에 끝까지 제동을 거시는 것을 보니 달리 정답을 요구하시는 것 같지는 않습니다. 다만 저는 후에 저와 같이 난감한 사람이 없도록 하기 위해 그 건물의 주인에게 이렇게 부탁할 것입니다. 화장실 안에 휴지 걸이를 두 개 설치하면 좋겠고, 또 휴지 걸이 위에 휴지를 보관하는 작은 수납공간을 만들어서 항시 휴지를 보관해 두면 좋겠다고 말입니다."

남다른 창의성에다, 다른 사람을 배려하는 인성까지 겸비한 대답이죠?

청년 실업자가 늘어나고 있는 요즈음, 대기업에서 이런 기발한 면접을 통해 신입 사원을 뽑는다는 이야기는 더 이상 이상할 것이 없습니다. 오히려 우리 사회가 변화하고 있다는 것을 말해 주는 신호라고 생각되지요. 다시 말해 학력에 대한 가치관과 인간의 능력에 대한 검증 체계가 변화하고 있는 것입니다.

우리는 이제부터 '사고뭉치'가 되어야 합니다. '사고(事故)뭉치'가 아니라 '사고(思考)뭉치' 말이죠. 공부는 잘하는데 생각하는 능력은 부족한 학생, 아는 것은 많은데 새로운 것을 창안해 내는 능력은 떨어지는 사람은 더 이상 환영받지 못하는 시대가 된 것입니다.

# 창의적인 사람은 지식인보다 한 수 위

귀하게 자라 버릇이 없는 공주가 있었습니다. 무엇이든 요구하는 것을 즉시 들어 주지 않으면 성 안에 난리가 났습니다.

공주가 하루는 밤하늘을 바라보더니 왕에게 달을 따 달라고 졸랐습니다. 달은 따 줄 수 없는 것이라고 말해도 통하지 않았죠. 공주는 조르다가 자기 뜻대로 되지 않자 병이 나고야 말았습니다. 덜컥 겁이 난 왕은 얼른 천문학자를 불렀습니다.

"공주님, 달은 너무 멀리 있어서 갈 수 없어요. 지구에서 달까지의 거리는 무려 384,000$km$입니다."

천문학자의 말에도 공주는 나아지지 않았습니다.

왕은 심리학자를 불러들였습니다. 공주의 병이 마음에서 비롯된 것이므로 심리학자의 도움을 받을 수 있을 것 같았기 때문이었죠.

"지나치게 달에 집착하여 병이 난 것입니다. 이제 그 생각을 조금씩 줄여 가야 합니다. 그러기 위해서는 공주님이 마음을 쏟을 만한 다른 흥밋거리를 드려야 합니다."

그러나 이미 공주의 마음은 달에만 가 있었고 다른 흥밋거리는 생기지 않았습니다.

이번에는 과학자의 도움을 받기로 했습니다. 과학자는 공주에게 이렇게 충고했습니다.

"공주님, 달은 무려 7,800경 톤이며 크기도 지구의 4분의 1이나 됩니다. 너무 크고 무거워서 도저히 운반이 불가능합니다."

하지만 이번에도 공주는 들은 체 만 체했습니다.

사실 세 사람 모두 정답을 말했습니다. 과학적으로 옳았고 합리적인 처방이었습니다. 그러나 그 정답들이 공주의 병을 고치지는 못했습니다.

공주는 나을 기미가 없었습니다. 이제는 왕마저 병이 날 지경이었죠. 그러던 어느 날 광대가 와서 자기가 공주의 병을 고치겠다고 말했습니다. 광대는 공주에게 다가가서 몇 가지를 물어보았습니다.

"공주님, 달은 어떤 모양이지요?"

공주가 한심하다는 듯이 말했습니다.

"바보야. 그것도 몰라? 달은 동그란 모양이잖아."

광대는 이어서 물었습니다.

"그럼 공주님, 달은 얼마나 큽니까?"

공주가 답했습니다.

"내 손톱으로 가려지니까 내 손톱보다 조금 작겠지."

광대는 맞장구를 치며 또 물었습니다.

"그러면, 달은 무슨 색깔입니까?"

공주는 광대에게 화를 내며 말했습니다.

"아휴, 바보야. 넌 달을 본 적도 없어? 노란색이잖아."

광대는 박수를 짝짝 치며 공주를 칭찬했습니다.

"맞습니다. 공주님! 우리 공주님은 이 세상에서 가장 똑똑하신 분입니다."

광대는 그렇게 말하고는 황급히 돌아갔습니다. 그리고 곧 조그만 황금 구슬을 하나 가지고 왔습니다.

"공주님, 여기 달을 따 왔어요."

공주는 뛸 듯이 기뻐했습니다. 병도 거짓말처럼 씻은 듯이 나았죠. 그런데 광대에게 걱정이 하나 생겼습니다. 밤이 되어 달이 뜨면 공주는 자기가 갖고 있는 달은 가짜라며 내던져 버릴 것 같았던 것이죠. 광대는 잠시 고민하다가 공주에게 가서 또 물어 보았습니다.

"공주님, 달을 따 왔는데 오늘 밤 하늘에 달이 또 뜨면 어떻게 하지요?"

공주가 말했습니다.

"아휴, 이 바보! 이를 빼면 또 나잖아. 나도 지난달에 그랬어. 달도 하나 따 왔다고 없어지겠니? 또 돋아나겠지."

광대가 활짝 웃으며 말했습니다.

"아, 그렇군요. 공주님. 우리 공주님은 정말 세상에서 가장 훌륭하십니다."

공주는 자기 손 안에 있는 달을 만지작거리며 행복한 미소를 지었습니다.

아픈 공주를 치료한 것은 객관적 사실이나 의학적 지식이 아닌, 광대의 재치였습니다. 물론 과학자나 심리학자의 지식이 잘못된 것은 아닙니다. 오히려 백 번 옳은 이야기라고 할 수 있겠죠. 하지만 그들의 지식은 공주의 병을 치료하지 못했습니다. 그렇다면 광대가 공주의 병을 고칠 수 있었던 이유는 무엇일까요?

그건 바로 문제 해결을 위한 접근 방법이 남달랐던 데 있습니다. 달에 대한 과학적 지식, 공주의 마음에 대한 심리학적 분석보다 공주의 눈높이에 맞춘 창의적인 발상으로 문제를 해결했던 것이죠. 창의적인 사람이 지식인보다 한 수 위라는 사실, 이제 이해하겠죠?

# 감사 불감증 환자들

사람의 가치는 외모에 의해 평가되지 않는다. '그 사람이 무엇을 얼마나 사랑했는가'에 의해 평가된다. 왜냐하면 사랑에는 희생이 따르고, 그렇게 희생하며 사랑한 것만이 시대를 초월하여 오랫동안 남기 때문이다.

미국의 작가이자 교육자인 헬렌 켈러는 육체적으로 세 가지의 장애를 갖고 있었다. 앞을 볼 수 없었고, 들을 수 없었으며, 말을 할 수 없었다. 그러나 이런 힘든 상황에도 헬렌 켈러는 철저히 남을 위한 삶을 살았다.

헬렌 켈러가 쓴 글 '사흘만 볼 수 있다면'에는 그녀가 만일 3일 동안 눈을 뜨게 된다면 하고 싶은 일들이 적혀 있다. 그 글을 가만히 음미해 보면 우리 비장애인들이 사실

### 앤 설리번을 만든 사랑 이야기

헬렌 켈러를 최고의 교육자로 길러 낸 앤 설리번 선생님 역시 어렸을 때는 앞을 보지 못했습니다. 게다가 불행한 가정 환경 탓에 정신 병원에서 지내며 힘든 나날을 보냈죠. 그런 설리번 선생님을 도운 사람이 있었습니다. 간호사 로라입니다. 로라는 매일 책을 읽어 주며 설리번 선생님에게 끊임없는 관심을 보여 주었습니다. 그 정성에 설리번 선생님의 마음도 서서히 열렸답니다. 간호사 로라가 없었다면, 설리번 선생님도 없었을 것이고 헬렌 켈러도 교육자가 되지 못했을 것입니다.

은 감사 불감증 환자라는 사실을 깨닫게 된다.

만약 내가 사흘 동안만 앞을 볼 수 있다면, 첫날에는 나를 가르쳐 주신 설리번 선생님을 찾아가 그분의 얼굴을 바라보겠습니다. 그리고 산에 올라 예쁜 꽃과 풀, 아름다운 저녁노을을 볼 것입니다.

둘째 날엔 새벽에 일어나 먼동이 터 오는 모습을 보고, 밤이 되면 영롱하게 빛나는 하늘의 별을 바라보겠습니다.

셋째 날은 아침 일찍 큰 길로 나가 부지런히 일터로 가는 사람들의 활기찬 모습을 보겠습니다. 한낮에는 아름다운 영화를 한 편 보고, 저녁에는 화려한 네온사인과 진열장의 상품들을 구경하고 집으로 돌아올 것입니다.

그리고 한 가지 잊지 않아야 할 것은 사흘간 눈을 뜨게 해 주신 하느님께 감사의 기도를 올리는 일입니다.

헬렌 켈러가 그토록 꿈꾼 모든 것들을 우리는 매일 누리며 산다. 그러나 누구도 감사한 마음을 갖거나 감동하지 않고 그냥 당연한 것으로만 받아들인다.

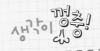

**생각이 껑충!**

**만약에……**
헬렌 켈러는 육체적으로 삼중고의 장애를 갖고 있었으면서도 작가이자 교육자가 되었습니다. 만약 그녀가 비장애인으로 태어났다면 이보다 더 훌륭한 사람이 되었을까요? 아니면 반대로 평범한 사람으로 그냥 살았을까요? 여러분의 생각은 어느 쪽인가요? 그렇게 생각한 까닭은 무엇이죠?

자, 이제 눈을 한번 감아 보자. 다시는 눈을 뜰 수 없다고 생각해 보자. 캄캄한 어둠 속에서 평생 그렇게 살아야 한다고 가정해 보자. 기분이 어떤가?

이제 다시 눈을 떠 보자. 그리고 눈앞에 보이는 것들을 하나하나 마음에 새기며 감사하는 마음을 가져 보자. 우리의 삶은 훨씬 행복해질 것이다.

### 잠깐만!

우리는 정말 많은 것을 소유하고 또 누리고 있으면서도 그에 대해 감사하는 것은 잊고 살아갑니다. 마음껏 숨 쉬고, 마음껏 노래 부를 수 있다는 사실에 감사한 마음을 가져 본 적이 있습니까? 두 팔과 두 다리가 있다는 사실, 말을 할 수 있고 들을 수 있다는 사실에 진심으로 감사한 적이 있습니까?

우리가 당연하게 생각하며 누리고 있는 것들, 그것이 당연하지 않은 이들도 있다는 것을 기억하세요.

육체적 장애도 극복한 의지가 멋져!

32

헬렌 켈러는 또 이런 말을 남겼다고 합니다.

"나는 종종 이런 생각을 합니다. 모든 사람들이 단 며칠 동안만 앞을 볼 수 없고 소리를 들을 수 없게 된다면, 그것은 하나의 큰 축복이 될 것이라고 말입니다."

매우 역설적인 표현입니다. 왜 앞이 보이지 않고 소리가 들리지 않는 것이 큰 축복일 수 있을까요? 헬렌 켈러의 마음을 짐작하여 여러분이 그 이유를 써 보세요.

_____

_____

_____

_____

_____

_____

**역설적**
어떤 주장이나 이론이 겉으로 보기에는 맞지 않는 것 같지만, 그 속에 중요한 진리를 담고 있는 것을 말해요. 역설의 예로는 유치환 시인의 '깃발'이라는 시에 나오는 '소리 없는 아우성'이라는 표현이 있습니다. 아우성은 떠들썩하고 시끄러운 소리라는 뜻이므로 '소리 없는 아우성'은 있을 수가 없죠. 유치환 시인은 깃발이 마구 흩날리는 모습을 소리 없는 아우성이라고 표현해 아주 생생한 시상을 전달한 것입니다.

# 점입가경

한 농부가 장에 갔다가 돌아오는 길에 승려를 만났다. 승려는 큼지막한 보퉁이를 들고 콧노래를 부르며 걷고 있었다.

"스님께서는 무엇을 사 가지고 가십니까?"

농부가 물었다.

"오늘 시장에 좋은 양고기가 나왔더군요. 먹으려고 좀 샀지요."

"아니, 스님께서도 고기를 드십니까?"

농부가 깜짝 놀라 물으니, 승려는 당황한 표정으로 이렇게 얼버무렸다.

"아니, 뭐 누가 고기를 먹고 싶어서 먹나? 절에 좋은 술이 생겨서…… 안주로야 양고기가 제일이니까요. 그래서 조금 샀습니다."

어이없다는 얼굴로 농부가 다시 물었다.

"그럼 스님께서는 술도 드시나요?"

승려는 또 실수했구나 싶었는지 얼른 둘러댔다.

"그게 아니라 절에 손님이 와 계십니다. 저야 물론 술을 안 먹지만 손님 대접까지 안 할 수야 없지 않습니까?"

"아, 그렇군요. 어떤 손님인지 귀한 분인가 보네요."

농부는 그제야 고개를 끄덕였다. 한 고비를 넘긴 승려는 신바람이 나는지 또 입을 열었다.

"귀하고 말고요. 오랜만에 장인이 오지 않았습니까."

듣고 보니 점입가경이라, 농부가 또 물었다.

"아니, 방금 장인이라고 하셨습니까?"

"장인뿐이 아니고 장모도 와 있는걸요."

"예? 그게 정말입니까?"

승려는 다시 아차 했는지 말꼬리를 슬쩍 돌렸다.

"아이, 중이라고 농담도 못 하나요? 하하. 나와 인연이 있는 사람들인데, 절에 좀 시끄러운 일이 있다는 소문을 듣고 찾아왔지요."

"그랬군요. 산중의 절에도 시끄러운 일이 있다니 믿기지 않는데요?"

또 한 고비 넘긴 승려가 가만히 있으면 좋을 것을, 이번에도 방정맞은 그 놈의 입이 문제였다.

"무척 골치 아픈 일이지요. 글쎄 우리 마

### 스님의 삶

여러분은 스님의 하루 일과를 상상해 본 적이 있나요? 불교의 가르침인 '무소유'를 실천하기 위해 세속과 연을 끊고 인내하는 스님의 삶은 어쩌면 상상도 못 할 만큼 고될지도 모릅니다. 스님뿐만이 아닙니다. 목사님, 신부님 등 성직자들의 삶은 쉽게 상상하기 힘들죠. 한번 그런 분들의 일과를 알아보고 하루만 따라 해 보는 건 어떨까요?

누라하고 첩하고 대판 싸움이 붙었지 뭡니까? 오죽했으면 장인 장모가 담판을 내겠다고 그 멀리서 찾아왔겠어요."

"예? 지금 뭐라고 하셨습니까? 첩이라고요?"

"아이고, 누가 첫째 첩 가지고 그러는 줄 아세요? 얼마 전에 얻은 둘째 첩이 말썽입니다. 지금도 대판 싸우고 있을지 모르니 난 얼른 가 봐야겠습니다."

승려는 성큼성큼 몇 발자국을 떼어 놓더니 이내 줄행랑을 쳐 버렸다.

 잠깐만!

위 이야기에서 사용된 '점입가경(漸入佳境)'이란 말은 '점점 들어갈
수록 재미가 있다'는 뜻을 가지고 있습니다. 그러나 이 말이 부정적
으로 사용될 때는 '갈수록 태산'이라는 속담과 비슷한 뜻이 되죠.

어떤 운전자가 과속 운전으로 경찰에게 붙잡혔습니다. 면허증을 보
여 달라고 하자 운전자가 말했습니다.

"지난달에 면허가 취소되어서 지금 없습니다."

그러자 옆 좌석에 앉아 있던 아내가 이렇게 핀잔을 주었습니다.

"그러게 술을 마시면 간이 커져서 과속하게 된다고 내가 아까 말했
지요?"

경찰관이 "아니, 무면허에 음주까지?" 하며 눈을 치뜨자 뒷좌석에 앉
아 있던 장모가 이렇게 말했습니다.

"그래서 내가 훔친 차로 운전할 때는 과속하지 말라고 했잖아."

이제는 여러분이 '갈수록 태산'이 되는 상황을 직접 꾸며 볼 차례입니다. 어떤 상황을 설정해 볼까요? 아무래도 학교 이야기가 친근감이 있고 이야기를 만들기도 쉽겠지요. 철수 이야기를 한번 해 봅시다.

3교시가 시작된 지 20분이 지난 후에 철수가 교실 문을 열고 들어왔습니다. 지각을 해 버린 것입니다. 그런데 하필이면 딱 담임 선생님의 수업 시간이었습니다. 자, 이 상황을 이어서 이야기를 써 봅시다.

"철수 너, 왜 이제 오는 거야?"

_____

_____

_____

_____

_____

_____

_____

_____

## 이야기 3
# 아들 하나 믿고 살았는데……

　강 위로 시체 한 구가 떠올랐다. 경기도 연천군 한탄강에서 70대 할머니가 죽은 채 발견된 것이다. 숨진 할머니의 품속에는 눈물겨운 사연이 담긴 유서 한 장이 들어 있었다. 맞춤법이 엉망이었지만 그 유서에는 절절한 모정이 배어났다.

　'사랑하는 내아들 보구십픈 내아들 언제나 만나 볼까. 외국으로 87년도 떠낫스니 이적까지 소식한장 업구나. 어미는 잠들기전 이즐소냐. 보고십다. 전화한통이라도 잇슬까하여 기다리다 보니 어미는 이제 7십고개를 넘엇구나. 살기도 만이 살엇다. 엇지하여 생이별을 하게 됐는지 모든 게 다 어미타시다.(사랑하는 내 아들, 보고 싶은 내 아들, 언제나 만나 볼까. 외국으로 87년에 떠났는데 아직까지 소식 하나 없구나. 어미는 잠들기 전 잊을쏘냐. 보고 싶다. 전화 한 통이라도 있을까 하여 기다리다 보니 어미는 이제 칠십 고개

**자살**
우리나라는 OECD 회원국 중 자살률 1위(하루 평균 40명)라는 불명예를 안고 있습니다. 성인들은 물론이고 청소년들도 자살을 선택하는 경우가 많아지고 있습니다. 외롭고 쓸쓸한 현대를 살아가는 우리가 자살이라는 절망적 선택을 피하기 위해선 어떻게 해야 할까요?

**아들아 너는 어디에 있느냐**
할머니의 사무친 외로움이 마음에 전해져
오네요. 참 애절한 이야기입니다. 그런데 할
머니가 유서에 아들의 이름이나 주소를 적
지 않은 까닭은 무엇일까요?

를 넘었구나. 살기도 많이 살았다. 어찌하여 생
이별을 하게 됐는지 모든 게 다 어미 탓이다.)'

할머니는 아들이 떠난 뒤 홀로 겪은 마음
고생을 털어놓으면서도 마지막 순간까지 아
들 걱정뿐이었다.

'살기도 어려운 집에 와 이스니 미안하기도 하고 신세지구 십지
않구나. 모든 게 다 내타시오. 어디가 살던지 몸 건강하여라. 아들 하
나 믿고 살았는데…….(살기도 어려운 집에 와 있으니 미안하기도 하고
신세지고 싶지 않구나. 모든 게 다 내 탓이오. 어디가 살든지 몸 건강하여
라. 아들 하나 믿고 살았는데…….)'

정말 눈물을 찍어 쓴 편지였다. 외국으로 떠난 후 소식 한 장 없는
아들을 기다리다 스스로 목숨을 끊은 할머니의 사연이 눈물겹다. 할
머니의 유서에는 아들의 신원이나 소재를 파악할 수 있는 아무런 단
서도 남아 있지 않았다.

🍎 **잠깐만!**

한국 문학사에 새겨진 이름 서포 김만중. 그는 조선 인조 15년 정묘
호란 때 강화에서 순절한 김익겸의 유복자로 태어났습니다. 그의 어
머니 윤씨 부인은 서포를 엄하게 교육시켰습니다. 아비 없는 자식은

버릇없다는 말을 듣지는 않을까 염려한 탓이었죠. 윤씨 부인은 베를 짜서 생계를 이었습니다. 하지만 궁핍한 생활에도 아들이 책을 갖고 싶다고 하면 베를 끊어 주고 책을 사 주었습니다. 때로는 책값을 충당하려고 본인은 몇 끼를 굶기도 했습니다.

김만중은 어른이 되어 《구운몽(九雲夢)》이라는 소설을 씁니다. 이 작품의 창작 동기가 아주 감동적이랍니다. 김만중은 이야기를 무척 좋아하는 자신의 어머니를 위해 《구운몽》을 지은 것입니다. 김만중의 남다른 효성이 한국 문학사에 길이 남을 소설을 탄생시킨 것이지요.

옛사람들의 효심은 이리도 깊었습니다. 할머니의 편지에 언급된 아들은 지금쯤 어디서 무얼 하고 있을까요? 어머니 생각을 한 번이라도 했을까요?

## 생각이 껑충!

### 《구운몽》

불교를 배우던 성진이라는 주인공이 여덟 명의 선녀와 놀며 속세에 빠지는 죄를 범하고 지옥에 떨어집니다. 이후 여덟 명의 선녀와 함께 인간 세상에 환생하지요. 성진은 양소유라는 새로운 이름으로 인간으로서의 삶을 시작합니다. 높은 벼슬에 오르고 함께 인간 세상에 환생한 여덟 선녀들과 인연을 맺으며 화려한 삶을 보내죠. 그러나 세월이 흘러 늙은 양소유는 그간 누려 온 화려한 삶이 문득 허무함을 느낍니다. 그리고 허무함을 느끼는 순간 모든 것이 사라지며 다시 성진의 삶으로 돌아옵니다.

이 소설은, 부귀영화는 하룻밤 꿈과 같은 것이라는 교훈을 줍니다. 어떤가요? 김만중의 상상력이 놀랍지 않나요? 좀 어려울지 모르겠지만, 꼭 한번 읽어 보기 바랍니다.

어머니의 마음이 감동적이야

만약 서포 김만중이 '아들 하나 믿고 살았는데……'라는 이야기 속 할머니의 아들을 만났다면 무슨 이야기를 해 주었을까요? 여러분이 김만중의 입장에서 충고하는 말을 해 보세요. 조금 어렵습니까? 그럼, 앞부분을 이렇게 시작해 보세요.

이 사람아. 나 역시 자네처럼 어려운 환경에서 자랐네. 우리 어머니도 일찍이 홀로 되어 어린 나를 키우느라 정말 많은 고생을 하셨지. 자네 어머니도 마찬가지였던 것 같네.

# 빈대가 가르쳐 준 교훈

우리나라에서 유명한 부자 중 한 사람인 현대그룹의 고(故) 정주영 회장. 그가 젊었을 때 겪은 이야기다.

정주영 회장은 안 해 본 일이 없을 정도로 갖가지 고생을 겪었다. 젊은 시절에는 한때 인천 부두에서 막노동을 했다. 그때 가장 견디기 힘든 것이 배고픔과 빈대였다고 한다. 그는 일이 끝나면 노동자를 위해 마련된 숙소에서 잠을 잤는데, 그곳엔 빈대가 득시글득시글했다. 정주영 회장은 빈대를 없애려고 약도 뿌리고, 아예 하늘을 이불 삼아 바깥에서 잠을 청해 보기도 했다. 하지만 빈대는 끈질기게 달라붙었다.

정주영 회장은 늘 '어떻게 하면 빈대들의 공격을 피할 수 있을까?' 하고 궁리했다. 그러다 마침내 기발한 생각이 떠올랐다. 나무로 평상을 만들고, 그 평상의 다리를 물이 담긴 깡통에 담그는 것이었다. 빈

## 생각이 껑충!

**빈대**
빈대는 몸길이는 6.5~9mm의 작은 곤충입니다. 1920~1930년대 우리나라에 많았습니다. 집 안에 사는 빈대는 사람의 피를 빨아먹고 사는데요. 물리면 매우 가렵답니다.

대란 녀석은 땅에서 강한 '육군'이지 물에서 강한 '해군'은 아니기 때문에, 깡통 속의 물에 퐁당 빠져 평상 위로 올라오지는 못할 것이란 생각이었다.

정주영 회장의 예상대로 며칠 동안은 편하게 잠을 잘 수 있었다. 그런데 어느 날인가부터 굶주린 빈대들의 맹공격이 다시 시작되었다. 정주영 회장은 빈대들이 어떻게 평상 위로 올라올 수 있었는지

관찰했다.

그랬더니 이게 웬걸? 빈대들이 선택한 길은 바닥도, 물도 아닌 '하늘'이었다. 빈대들은 깡통 속 물을 건너 평상 다리로 기어오르는 것을 포기하고 벽을 타고 올라가 천장에 도달한 후 거기서 뛰어내린 것이다. 마치 공군 특수부대원처럼 고공 낙하한 빈대는 한 치의 오차도 없이 정주영 회장의 몸 위로 낙하했다. 이 일을 경험한 그는 삶의 교훈 하나를 얻게 되었다.

'포기하지만 않으면 언젠가는 이룰 수 있다!'

### 생각이 껑충!

**포기하지 않는 자에게 주는 선물**
서당 개 3년이면 풍월을 읊는다.
식당 개 3년이면 라면을 끓인다.
농장 개 3년이면 젖소의 젖을 짠다.
방앗간 개 3년이면 가래떡을 뽑는다.
자, 다음 문장을 재치 있게 완성해 보세요!
문방구 개 3년이면 _____
수학 선생님 댁 개 3년이면 _____

### 잠깐만!

이야기 속에서 빈대들은 '아, 이제 딴 데 가야겠구나.' 하고 포기하지 않았습니다. 절망하지 않았지요. 대신 새로운 생존 비법을 스스로 발견했습니다. 위험과 난관 앞에서도 주저앉지 않는 불굴의 정신! 한낱 미물이 그런 의지력을 가지고 있을 줄이야. 그 집요함과 끈기가 놀라울 따름입니다.

여러분이 그 빈대의 입장이 되어 생각해 보세요.

풍족한 먹이로 넉넉하게 배를 채우며 살고 있던 어느 날, 식사를 하려고 평상을 기어오르는데 갑자기 깡통이 나타나고 또 물이 보입니다. 배는 고프고 짜증도 나고, 포기해 버릴까 하는 생각도 여러 번 했지만 끝내 도전하기로 합니다.

이제 잠시 동안만 빈대가 되어서 '난관과 좌절을 극복한 체험기'를 써 보세요.

_____

_____

_____

_____

_____

_____

_____

_____

_____

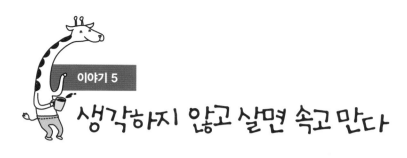

# 생각하지 않고 살면 속고 만다

어떤 통계에 따르면 미국의 애리조나 주에서는 매년 결핵으로 사망하는 사람들이 많다고 한다. 이 통계를 보고 성급한 사람들은 이렇게 생각할 수 있다.

'애리조나 주의 공기 중에는 결핵균이 많다.'

그러나 사실은 정반대이다. 애리조나 주의 기후는 결핵 환자들이 요양하기에 매우 좋다. 그래서 결핵 환자들이 요양을 하기 위해 애리조나 주로 이사를 온다고 한다. 이 때문에 애리조나 주에서 삶을 마감하는 결핵 환자가 많은 것이다.

이런 통계도 있다. 시속 150km 이상으로 달리는 자동차보다 규정 속도로 달리는 자동차가 사고를 더 많이 일으킨다는 것이다. 언뜻 보기에는 이해가 가지 않아 고개를 갸우뚱할 수 있다.

하지만 이 역시 조금만 생각해 보면 그 이유를 확연히 알 수 있다. 대부분의 자동차는 정상 속도로 달린다. 시속 150km 이상으로 달리는 자동차는 거의 없다. 그러니 당연히 정상 속도로 달리는 자동차들이 사고를 낼 확률이 높은 것이다.

하나 더 보자. 어느 지역에서는 우유를 마시는 사람이 크게 증가하면서 동시에 암 환자도 급격히 늘어나는 현상이 일어났었다. 사람들은 '우유가 몸에 좋다고 알려져 있지만, 과학적으로 아직 밝혀지지 않은 어떤 문제가 있는 모양이다.'라고 생각했다.

그러나 더 조사해 보면 피식 웃음이 나온다. 진실은 이 지역에 큰

음, 맛좋은 우유~

우유를 많이 마시면 암에 걸린다고!

규모의 실버타운이 건설되면서 노인 인구가 많이 늘어난 데 있었다. 암은 나이와 밀접한 관계가 있는 병이므로 암 환자가 증가한 것이다.

그러니까 '우유를 마시는 사람이 늘어난 것'과 '암 환자가 증가한 것'은 둘 다 사실이지만, 이 둘 사이에는 아무런 인과관계가 없었던 것이다.

이처럼 우리는 가끔 통계를 무분별하게 받아들면서 의도된 조작에 속는 경우가 있다.

생각이 껑충!
- - - - - - - - - - - - - - - -
**내 눈은 속일 수 없다!**
이야기에서처럼 다음 문장의 문제점을 찾아 비판해 보세요.
"우리 할아버지는 지독한 애연가셨다. 하루에 담배를 두 갑씩이나 피우셨다. 그런데도 무려 95세까지 사셨다. 따라서 담배를 피우면 건강이 나빠진다거나 암에 걸릴 수 있다는 말은 옳지 않다."

## 잠깐만!

다음의 통계 기사를 읽어 보세요.

교육과학기술부가 발표한 '2010년 사교육비 분석 결과'에 따르면 2010년 총 사교육비는 20조 8,718억 원으로 2009년 21조 6,259억 원 대비 3.5% 감소했으며, 1인당 월평균 사교육비는 24만 원으로 2009년보다 2,000원 줄었다.

또 초등학생 자녀의 월평균 사교육비가 24만 5,200원(2009년 24만 5,400원)으로 조사됐으며, 중학생 25만 5,000원(2009년 26만 원), 고교생 26만 5,000원(2009년 26만 9,000원)으로 초중고 모두 사교육비가 줄어든 것으로 나타났다. 교육과학기술부는 2007년 사교육 통계를 집계한 이후 처음으로 수치가 줄었다고 밝혔다.

이번 사교육비 통계는 교육과학기술부가 통계청과 함께 전국 1,012개 초중고 학부모 4만

4,000명을 대상으로 한 서면조사를 통해 추정한 것이다.

그러나 실제로 이번 사교육비 감소는 전체 학생 수 감소에 따른 '착시(錯視) 현상'이란 지적이 많다. 2010년 학생 수가 2009년보다 21만 명이나 적다는 것을 감안하면 실제 사교육비 감소율은 거의 없다는 것이다.


우리는 통계 자료에 기초해서 원인과 결과를 성급하게 연결해 버리는 실수를 합니다. 기업에서 광고를 할 때에도 이런 착각을 유도하는 경우가 많지요. 그래서 허위 광고, 과장 광고에 곧잘 속는 것이 우리들입니다. 정신을 바짝 차리지 않으면 속는 줄 모르고 고개를 끄덕이게 된다는 걸 잊지 마세요.

앞에서 읽은 내용을 참고하여 다음 이야기에 나타난 인과관계의 연결 고리를 끊어 보세요. 어렵다고요? 그렇다면 다시 한 번 연습을 해 봅시다.

어떤 한 연구에 따르면, 유명한 학자는 대부분 장남이라고 합니다. 그렇다면 장남이 차남보다 두뇌가 뛰어나다는 결론을 얻을 수 있을 것입니다. 하지만 이 논리에도 함정이 도사리고 있습니다. 전 세계적으로 출산율은 점점 떨어지고 있습니다. 그러니까 전체적으로 보면 이 세상에 장남의 수가 동생들의 수보다 훨씬 더 많은 것입니다. 다수 집단에서 더 많은 학자가 나오는 것은 당연한 일이겠죠? 다음의 내용을 잘 읽고, 원인과 결과가 서로 상관이 없다는 쪽으로 생각해 보세요. 물론 정답은 하나만 있는 것은 아닙니다. 창의성을 발휘하여 다양한 상황을 생각해 보세요.

어떤 말기 암 환자가 의사로부터 절망적인 말을 들었다. 더 이상 치료할 의미가 없다는 것이다. 치료를 하든, 하지 않든 3개월 이상 살기 어렵다고 했다. 그 환자는 집으로 돌아와 민간요법에 매달렸다. 예부터 전해 내려오는 비법을 다 동원하여 열심히 치료했다. 누군가는 등산을 통해 암을 고쳤다는 말도 들은지라 매일 산에도 올랐다. 그래도 병은 호전되지 않았다.

그는 마지막으로 무당을 찾아갔다. 무당은 천만 원을 들여 푸닥거리를 하면 병이 나을 것이라고 호언장담을 했다. 말기 암 환자는 지푸라기라도 잡는 심정으로 그렇게 해 보기로 했다. 그런데 정말 놀랍게도 병이 깨끗이 나았다. 놀라운 기적을 경험한 그는 다른 말기 암 환자들에게 푸닥거리를 해 보라고 권하며 전국을 누비고 있다. 뿐만 아니라 그 무당의 문하생으로 들어가 열심히 무당학(?) 공부에도 매진하고 있다.

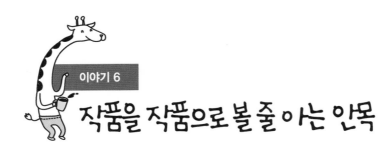

# 작품을 작품으로 볼 줄 아는 안목

미국 워싱턴 지하철역, 한 남자가 바이올린을 연주하기 시작했다. 45분간의 연주가 이어지는 동안 그 자리에 머물러 연주를 5분 이상 감상한 사람은 단 한 명뿐이었다고 한다. 대부분의 사람들은 잠시 서서 그 연주자를 쳐다본 뒤 1달러짜리 지폐를 던지고 사라졌다.

그나마 단 몇 분이라도 발걸음을 멈추고 연주를 들은 이는 대부분 어린아이들이었다. 그 아이들도 이내 엄마의 손에 이끌려 급히 자리를 떠나야만 했다.

많은 사람들에게 외면받은 이 연주자는 다름 아닌 유명 바이올리니스트 조슈아 벨이었다. 이날의 지하철역 연주는 〈워싱턴 포스트〉가 조슈아 벨과 진행한 재미난 실험이었다.

실험이 있기 며칠 전, 조슈아 벨은 보스턴

**바이올리니스트 조슈아 벨**

조슈아 벨은 미국 출신으로 뉴욕필하모닉, 보스턴교향악단, 클리블랜드관현악단, 런던교향악단 등 세계 유수의 교향악단과 협연한 바이올리니스트입니다. 연주회 입장료만도 어마어마한 세계적 연주자죠.

이 이야기에 나온 지하철역 연주는 2007년에 이루어진 실험이었습니다. 당시 사람들이 감상비로 낸 돈은 고작 35달러였다고 하네요. 조슈아 벨의 연주회 가격이 자리당 100달러를 넘는다는 걸 생각하면 정말 놀라운 금액입니다.

극장에서 연주회를 가졌다. 연주회에서 그가 사용한 악기는 바로 지하철에서도 사용했던 350만 달러짜리 스트라디바리우스 바이올린이었다고 한다.

우리도 조슈아 벨의 아름다운 연주를 알아차리지 못한 사람들과 같다. 길거리에서, 지하철역에서, 한여름 인적 드문 산길에서, 우리는 무수히 많은 '작품'을 만나며 살아가고 있다. 그 작품이란 유명한 예술가의 연주일 수도 있고 아름다운 풍경일 수도 있다. 또 마음 따

뜻한 사람들이 만들어 내는 훈훈한 감동의 이야기일 수도 있다.

그러나 현대인들은 너무나 바빠서 잠시 발걸음을 멈추고 그 작품들을 감상할 여유가 없다. 아니, 작품을 작품으로 볼 줄 아는 안목(眼目) 자체가 없다.

사람은 곧잘 선입견에 사로잡히게 됩니다. 또한 다수의 사람들이 이끄는 대로 자신도 모르게 끌려가는 경우도 많습니다. 자신의 생각과는 달리 남의 눈치를 보고 판단하며, 진짜와 가짜를 정확하게 분별하는 능력도 부족합니다. 예술 작품에 대한 심미안이 없으면 자신의 기준과 판단은 사라지고 다른 사람들의 의견에 자신을 맡기게 됩니다. 조금은 천천히 주위를 둘러보며 작품을 발견할 줄 아는 사람이 되어 보는 건 어떨까요?

위의 이야기는 '훌륭한 연주자가 좋은 악기를 가지고 멋진 연주를 해도, 사람들은 그 가치를 알아보지 못했다.'로 요약할 수 있습니다. 그렇다면 이 상황과 정반대 상황을 설정하여 이야기를 고쳐 써 볼까요?

세종문화회관에서, 바이올린을 배운 지 1년밖에 되지 않은 연주자를 세계적 명 연주자로 소개한 후 연주회를 개최하였습니다. 연주가 끝나고 관객들은 어떤 반응을 보였을까요? 연주회는 어떻게 흘러갔을까요?

_____

_____

_____

_____

_____

_____

_____

_____

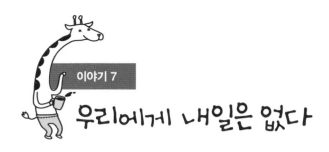

# 우리에게 내일은 없다

동생이 형에게 진지한 얼굴로 물었다.

"형, 내일이란 게 뭐지?"

형이 대답했다.

"으응, 내일이란 건 하루 자고 일어나면 그게 바로 내일인 거야."

"알았어, 형."

대답을 들은 동생은 하룻밤을 자고 난 후 형에게 다시 물었다.

"형, 오늘이 내일이지?"

동생은 하룻밤을 잤으니 이제 '내일'이라고 생각한 것이었다.

"이 녀석아, 오늘은 그냥 오늘이고 내일은 하루 자고 나면 찾아오는 날이야."

또 하루가 저물었고 다시 아침이 밝았다. 잠자리를 박차고 일어난 동생이 자랑스러운 낯빛으로 형에게 말했다.

"형, 오늘은 진짜로 내일이지?"

형은 다시 내일은 하루 자고 나야 찾아오는 날이라고 설명해 주었다.

이튿날 동생은 아주 의기양양하게 물었다.

"형, 오늘은 진짜 정말로 틀림없이 내일이지?"

형은 이제 어떻게 설명해야 할지 난감했

생각이 껑충!
- - - - - - - - - - - - - - - - - - -
**내일이란……?**
여러분이 이야기 속 형이었다면 동생에게
'내일'을 어떻게 설명하겠습니까? 엉뚱한
동생이 잘 이해하도록 설명해 보세요.

다. 답답한 마음에 동생의 머리통에다 알밤을 한 대 먹였다. 형에게
칭찬을 들을 거라 생각했는데, 오히려 한 방 쥐어 박힌 동생은 시무
룩한 표정으로 중얼거렸다.

"우리에게 내일은 없다."

## 잠깐만!

어떤 의미에서, 우리 인간에게는 정말로 '내일'이란 없습니다. 단지 현재 시점에서, 다가올 시간의 한 부분을 '내일'이라 이름 지어 놓았을 뿐이지요. 더구나 그 다가올 시간이 나에게 꼭 주어질 것이란 보장은 어디에도 없습니다.

시간은 멈추지 않고 흐릅니다. 현재라고 생각하는 이 순간도 즉시 과거가 되고, 미래라고 규정해 놓은 시간도 순간순간 현재가 되어 버립니다. 그러므로 과거와 현재와 미래는, 흐르는 시간 속에 동시에 존재하는 것인지도 모르죠.

우리가 현실에 충실해야 하고, 지금 얼굴을 맞대고 있는 사람에게 최선을 다해야 하는 이유도 여기에 있답니다.

아일랜드의 극작가이자 소설가였던 조지 버나드 쇼는 1950년 임종을 앞둔 어느 날, 자신의 묘비명을 이렇게 새겨 달라고 유언을 했습니다.

'우물쭈물하다가 내 이렇게 될 줄 알았다!'
(I knew if I stayed around long enough, something like this would happen.)

내일은 없다는 생각으로, 오늘이 내 삶의 마지막 날인 것처럼 순간순간 최선을 다하며 살아가라는 충고겠죠.
여러분은 자신의 묘비에 어떤 문장을 새기고 싶나요? 묘비명을 작성해 보세요.
그리고 그렇게 쓴 이유도 적어 봅시다.

_____

_____

_____

_____

_____

_____

**묘비명에서 찾는 인생의 교훈들**
이순신 장군 – 살고자 하면 죽을 것이고 죽고자 하면 살 것이다.
승려이자 화가 중광스님 – 에이, 괜히 왔다.
김수환 추기경 – 나는 아쉬울 것 없어라.
프랑스 여류 소설가 모파상 – 나는 모든 것을 갖고자 했지만 결국 아무것도 갖지 못했다.

# 애인 이야기

사람은 누구나 애인을 갖길 원한다. 사람은 사랑하고 사랑받으며 살아야 하기 때문이다. 참된 사랑이 없으면 참된 행복도 없다.

그런데 '애인'은 두 가지로 해석된다. '내가 사랑하는 사람'도 애인이고 '나를 사랑하는 사람'도 애인이다. 사람은 어떤 애인을 두어야 행복할까. 두 남자를 놓고 고민에 빠진 서아선 씨 이야기를 들어 보자.

요즘 아선 씨는 외로운 솔로 생활을 청산하고자 벼르고 있다. 그래서 아선 씨는 옆에 있는 두 남자를 두고 고민에 빠졌다.

첫 번째 남자, 같은 회사에 근무하는 동원 씨다. 아선 씨는 그를 흠모하고 있다. 그의 목소리와 걸음걸이조차 아선 씨에게는 매력으로 느껴졌다. 동원 씨는 아선 씨에게 별 관심을 보이지 않는 것 같다가도 가끔은 설레는 미소를 지어 줄 때도 있어 아선 씨의 애간장을 녹인다. 아선 씨는 동원 씨에게 좋아한다고 말할 것인지 하루에도 수천 번 망설인다.

두 번째 남자, 역시 같은 회사에 근무하는 승준 씨다. 승준 씨는 틈만 나면 아선 씨에게 사랑을 표현했다. 꽃과 편지를 주며 마음을 전해 오고, 주변 사람들에게도 공공연히 아선 씨에 대한 마음을 말하고 다녔다. 그러나 애석하게도 아선 씨는 승준 씨에

생각이 껑충!

**사랑한다? 좋아한다?**
여러분은 '좋아한다'란 말과 '사랑한다'는 말이 어떻게 다른지 설명할 수 있나요? 어떤 꼬마는 좋아하는 것은 '작게 미소 짓는 것'이고 사랑하는 것은 '크게 소리 내어 웃는 것'이라고 대답했답니다. 여러분은 이 두 단어의 차이를 어떻게 표현할 건가요?

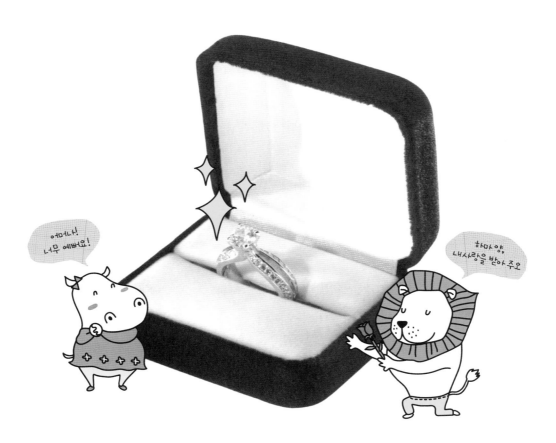

게 별로 관심이 없다.

아선 씨는 오늘도 머리가 아프다.

'그냥 승준 씨와 사귈 것인가, 용기를 내어 동원 씨에게 고백할 것인가!'

## 잠깐만!

아선 씨는 과연 어떤 선택을 해야 행복해질까요? 이런 상황을 생각해 봅시다. 동원 씨와 승준 씨가 똑같이 아선 씨에게 이렇게 말했습니다.

"오늘 입은 옷이 아선 씨와 참 잘 어울리네요."

아선 씨는 별 관심 없는 승준 씨의 말보다 짝사랑하고 있는 동원 씨의 칭찬에 더 큰 기쁨을 느낄 것입니다. 그렇다면 아선 씨를 행복하게 해 줄 사람은 분명해졌습니다. 당연히 동원 씨겠죠.

많은 사람들은 상대가 나를 사랑해 주지 않아서 불행하다고 생각합니다. 그러나 진짜 행복은 '나를' 사랑하는 사람보다는 '내가' 사랑하는 사람이 있을 때 배가 됩니다. 꼭 이성 간의 사랑이 아니더라도 '애인'을 많이 가지세요. '내가' 사랑하는 사람 말입니다.

사랑 덕분에 행복한 나날을 보내는 사람도 많습니다. 반면 미움 때문에 고통스러운 시간을 보내는 사람들도 많답니다. 그렇다면 '내가' 미워하는 사람 때문에 고통스러운 것과 '나를' 미워하는 사람 때문에 고통스러운 것 중, 어느 것이 더욱 괴로운 일일까요?

여러분의 생각을 정하고 그 이유를 적어 보세요.

_____

_____

_____

_____

_____

_____

_____

_____

_____

_____

# 끈기 있는 사람은 산도 옮길 수 있다

옛날에, 중국의 북산이라는 곳에 우공(寓公)이라는 노인이 살고 있었다. 그의 나이는 이미 90세에 가까웠다. 그런데 이 노인이 살고 있는 북산에는 태행산과 왕옥산이라는 높은 산이 있어서 사람들이 왕래하는 데 매우 불편하였다. 우공은 집안사람들을 모아 놓고 이렇게 말했다.

"나는 우리 모두가 힘을 합하여 산을 평평하게 만들어 예주까지 곧장 길을 내고, 또한 한수의 남쪽까지도 빠르게 갈 수 있도록 하고 싶다. 너희들의 생각은 어떠냐?"

이 말에 집안사람들은 모두 찬성하였으나 우공의 아내가 반대하고 나섰다.

"당신의 힘으로는 작은 언덕 하나도 없애기 어려운데, 어떻게 태행산이나 왕옥산 같은 높은 산을 평평하게 만들겠다는 거예요? 게다가 파낸 흙과 돌은 어디다 치우실 겁니까?"

이 말을 듣고 있던 우공이 말했다.

"그 흙이나 돌은 발해의 해변에 버리면 되잖아."

이리하여 마침내 산을 옮기는 일이 시작되었다. 우공은 세 아들과 손자들을 동원하여 돌을 깨고, 흙을 파서 삼태기나 광주리에 담아 발해에 버렸다.

황해 근처에 사는 지수라는 사람이 이것을 보고 비웃으며 우공에게 충고했다.

"참 어리석은 사람이군요. 앞으로 살날이 얼마 남지 않은 노인이 산의 한 모퉁이도 파내기가 어려울 텐데, 이런 큰 산을 어떻게 없애겠다는 것입니까?"

그 말을 듣자 우공은 지수를 딱하게 여긴 듯 탄식하면서 대답했다.

"자네같이 얕은 사람은 도저히 이해할 수 없을 것이네. 내 비록 살날이 얼마 남지 않았다 하더라도, 내가 죽으면 아들이 대를 이어서 그 일을 하고 아들이 죽으면 또 손자가 일을 잇고 손자는 또한 그 아들을 낳아서 일을 물려주면 된다네. 후손은 끊이지 않을 것이니 자자손손 대를 이어서 일을 추진하면 언젠가는 산이 평평해질 날이 꼭 올 것이 아닌가?"

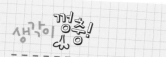

**할아버지의 유언**

"내가 죽거든, 내 뜻을 이어 태행산과 왕옥산을 깎아다오."

만약 여러분이 우공의 손자로 태어났다면, 할아버지의 유언에 따라 평생 산을 파내어 옮기는 일을 할 것인가요?

지수는 이 말을 듣고 내심 감탄했다. 그러나 더욱 놀란 것은 태행산과 왕옥산을 지키는 산신령이었다. 산신령은 우공의 자손들이 계속해서 산을 파낸다면 도저히 태행산과 왕옥산에 머무를 수 없다고 판단하고 그 사정을 하느님에게 호소했다. 이야기를 전해 들은 하느님은 우공의 우직함에 감동하여, 태행산과 왕옥산을 다른 곳에 통째로 옮기라 명령했다고 한다.

## 잠깐만!

이 이야기에서 유래한 고사성어가 다름 아닌 '우공이산(愚公移山)' 입니다. 아무리 어려운 일이라도 끊임없이 노력하면 반드시 이루어진다는 뜻으로 쓰이는 말이죠. 중국 도가 경전 중의 하나인 《열자(列子)》라는 책에 나오는 이야기입니다. 그렇습니다. 처음에는 어려워 보이는 일도 꾸준히 쉬지 않고 계속하다 보면 언젠가는 이루어지는 법입니다.

'마부작침(磨斧作針)'이라는 말도 비슷한 뜻을 지녔습니다. 이 말은 도끼를 갈아서 바늘을 만든다는 뜻입니다. 큰 도끼가 바늘이 되려면 갈고 또 갈아야겠죠? 그만큼 오랜 인내와 노력이 있어야 불가능한 일도 가능하게 바뀔 수 있습니다. 마부작침에는 다음과 같은 옛 이야기가 있습니다.

시선(詩仙)으로 불리던 당나라의 시인 이백(李白)이 어렸을 때의 이야기입니다. 이백은 어릴 적부터 훌륭한 스승을 만나 상의산에 들어가 학문을 연마했습니다. 그러던 어느 날 공부에 싫증이 난 그는 스승 몰래 산을 내려오고 말았습니다.

집을 향해 걷고 있던 이백이 냇가에 이르자 한 할머니가 바위에 열

난 늘씬한
바늘이 될거야!

될 수 있을거야!
중간에 그만두지만
않는다면!

심히 도끼를 갈고 있는 것이 보였습니다. 이백은 할머니에게 무엇을 하고 계시냐고 물었습니다. 그러자 할머니는 바늘을 만들려고 도끼를 갈고 있다고 말했습니다. 그렇게 큰 도끼를 간다고 바늘이 될까 싶어 이백이 되묻자 할머니는 이렇게 대답했습니다.

"그럼, 되고말고. 중간에 그만두지만 않는다면 말일세."

순간 '중간에 그만두지만 않는다면'이란 말이 이백의 마음에 화살처럼 꽂혔습니다. 이백은 생각을 바꾸어 다시 상의산으로 발길을 옮겼습니다. 그리고 공부에 싫증이 느껴질 때마다 바늘을 만들기 위해 열심히 도끼를 갈던 그 할머니의 모습을 떠올렸습니다. 아무리 어려운 일도 중간에 그만두지 않으면 반드시 이룰 수 있다는 신념을 가슴 깊이 새긴 것입니다.

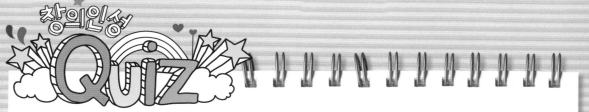

이야기에 나오는 두 개의 한자성어, '우공이산'과 '마부작침'의 뜻은 충분히 이해가 됩니다. 그러나 두 고사를 자세히 음미해 보면 오늘날 현대인들의 사고방식으로는 비판을 받을 여지가 있습니다.

이 두 가지의 고사를 다시 읽어 보고, 어떤 면에서 합리적이지 못한지 비판적 안목으로 글을 써 보세요.

_____

_____

_____

_____

_____

_____

_____

_____

_____

_____

_____

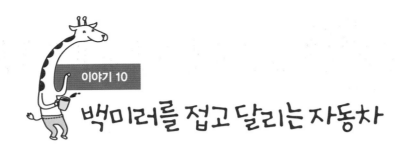

# 백미러를 접고 달리는 자동차

　며칠 전, 차를 운전하며 시내를 지나다가 재미있는 모습 하나를 보았다. 백미러를 접은 채 달리고 있는 자동차가 있었다. 분명 초보 운전자였을 것이다. 백미러를 접은 건 물론이고 속도도 거북이처럼 느렸기 때문이다.

　'아무리 그래도 그렇지, 백미러도 펴지 않고 운전을 하나?'

　그런 생각을 하며 운전을 하고 있는데, 내가 달리던 차선 바로 앞으로 그 차가 갑자기 끼어들었다. 깜짝 놀라 머리끝이 쭈뼛 섰다. 반사적으로 핸들을 확 꺾어 겨우 위기를 모면했다. 한숨 돌리고 나니 뒷골에 서늘하니 진땀이 배어나와 있었다.

　그런데 그 차의 운전자는 자기가 나를 놀라게 했다는 사실도 모른 채 그냥 또 유유히, 내 앞에서 슬슬 기어가고 있었다. 화가 나기보다는 참 어처구니없다는 생각이 들었다. 백미러를 볼 필요를 못 느끼는 운전자니까 그냥 마구 끼어들고 핸들도 팍팍 돌리는 것이다.

　오늘 낮에 또 그런 차를 보았다. 그 차 역시 백미러를 접은 채 슬슬 기어가고 있었다. 참 요상한 일이었다. 20년 가까이 운전을 하면서 백미러를 접고 달리는 자동차를 본 적이 없었는데 요 며칠 사이에 두 번이나 보게 된 것이다. 그 차를 유심히 보고 있자니 역시나 방향 지시 등을 켜지 않은 채 오른쪽 골목으로 휙 꺾어 들어가는 게 보였다. 하긴, 백미러도 펴지 않고 운전하는 사람이 방향 지시등을 제대로 켤 리가 없었다.

**안전 운전을 합시다!**
여러분도 횡단보도를 건널 때 정지선을 지키지 않은 차 때문에 덜컥 놀란 적이 있지 않나요? 혹은 좁은 골목길인데도 무지막지한 속력으로 달려온 차 때문에 깜짝 놀란 적은요? 왜 우리 주변에서는 교통사고가 끊이지 않는 걸까요? 여러분이 생각하는 원인과 그에 대한 해법을 찾아보세요.

지난 1년을 살아온 내 모습이 어쩌면 백미러를 펴지 않은 자동차와 같지 않았을까 하는 생각이 든다. 자동차들이 안전하게 제 길을 가기 위해서는 '차간 거리'가 유지되어야 한다. 사람 역시 마찬가지

이다. 사람들이 서로에게 상처를 주지 않고 잘 어울려 살기 위해서는 '인간 거리'가 유지되어야 한다. 어느 선까지는 가까이 다가가야 하지만 어느 지점에서는 멈춰 서서 상대의 마음에 박치기를 하지 말아야 한다. 백미러도 보지 않고 운전하며 다른 차에게 위협을 주듯이, 또 방향 지시등도 켜지 않고 자기 갈 길만 생각하며 달리듯이 우리는 남을 배려하는 일에 너무 미숙한 것이 아닐까.

 잠깐만!

다음 글을 잘 읽어 봅시다. 위 글의 글쓴이와 사뭇 다른 의견을 가지고 있는 것 같죠?

### 새해 아침의 다짐

새해가 밝았다. 올해는 어떠한 일들이 새롭게 다가올 것인가 기대가 된다. 작년에는 불경기로 인해서 다들 살아가기가 힘들었다. 쥐구멍에도 볕 들 날이 있는 것처럼 올해는 모든 사람들의 생활에 환한 빛이 들어와서 모두 웃을 수 있는 한 해가 되었으면 좋겠다. 새해는 우리에게 분명히 새로운 기회이다. 새롭게 달릴 수 있는 기회를 가졌으니 그 기회를 잘 살릴 수 있는 사람이 되었으면 한다.

열심히 달릴 때는 옆을 보거나 한눈을 팔지 말아야 한다. 그러다 보면 넘어지기 쉬워지고, 남을 의식하는 습관이 생기기 쉽다. 남과 비교하는 마음을 갖게 된다는 말이다. 남보다 조금 낫다 싶으면 우월감에 빠지게 되고, 남보다 조금 부족하다 싶으면 열등감에 쉽게 빠지게 된다. 그러니 옆을 보지 말고 달리자. 앞만 바라보고 달리자. 앞만 바라보는 사람은 넘어지지 않는 법이다. 아자, 아자, 아자, 파이팅!

'백미러를 접고 달리는 자동차'에 나타난 주장과 '새해 아침의 다짐'에 나타난 주장을 비교하여, 삶의 자세에 관한 여러분의 생각을 써 보세요. 어느 한 편의 주장을 수용해도 되고 두 주장을 모두 부정하거나 모두 긍정해도 상관없답니다.

_____

_____

_____

_____

_____

_____

_____

_____

_____

_____

_____

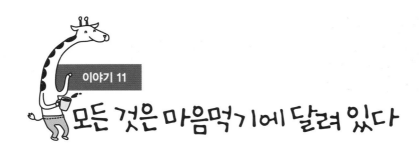

# 모든 것은 마음먹기에 달려 있다

플라세보 효과(Placebo Effect)라는 재미있는 의학 용어가 있다. 이는 가짜 약으로 사람의 병을 치료하는 방법을 말한다. 아무런 유효 성분이 없는 약을 환자에게 투여하면서 매우 좋은 약이라고 속여 그 효과를 기대하는 것이다.

예를 들어, 밤잠을 이루지 못하는 사람에게 소화제를 수면제라 속이고 준다고 해 보자. 대개의 사람들은 곧 편안히 잠을 이룬다고 한다. 열이 높은 환자에게 투여할 해열제가 없을 경우, 그 환자가 신뢰할 만한 의사가 증류수를 주사하면서 해열제라고 말해 주면 대부분의 경우 실제로 열이 내리기도 한다. 한 실험에 따르면 이 플라세보 효과로 병을 치료할 수 있는 유효율은 30%가 조금 넘는 것으로 알려져 있다.

어떤 여자가 독약을 먹고 유서를 남긴 채

**플라세보 효과를 사용해도 될까?**
플라세보 효과는 심리적 자극을 통해 병을 치료하는 방법입니다. 하지만 실제로 병을 치료하는 데 직접적으로 관련된 성분이 없는 약을 투여하기 때문에 옳지 못한 것 아니냐는 의견도 있답니다. 여러분은 플라세보 효과에 대해 어떤 생각을 가지고 있나요?

자살을 했다. 그러나 여자의 위를 조사해 본 결과, 아무런 독약 성분이 발견되지 않았다. 알고 보니 여자는 영양제를 독약으로 착각하고 먹었는데 플라세보 효과로 사망에 이른 것이다.

한 산골 마을에서는 또 이런 일이 있었다. 어떤 젊은이가 산에 갔다가 내려오던 길에 발이 아파 신발을 벗어 보았다. 양말에 피가 약간 묻어 나와 있었다. 옆에 있던 친구가 왜 발에서 피가 나느냐고 묻자 그는 대수롭지 않다는 듯 말했다.

"뭐, 가시에 찔렸나 보지."

그러나 양말을 벗겨 본 친구가 다급하게 말했다.

"이거 봐, 가시에 찔린 게 아니고 독사에 물린 거야! 이건 독사 이빨 자국이라고!"

그 말을 듣자 젊은이는 깜짝 놀랐다. 그러고는 이때까지 멀쩡했던 발이 퉁퉁 부어오르고 금세 다리 전체가 딱딱하게 굳어 버렸다. 별것 아니라는 듯이 굴던 젊은이는 결국 졸도까지 해 버렸다.

### 잠깐만!

"오! 모든 것이 마음이로구나! 오직 마음 하나로다. 괴롭다 하는 것도 이 마음이요, 즐겁다 하는 것도 이 마음이요, 살고 죽는 것도 마음에 달려 있구나!"

춘원 이광수의 말입니다.

흔히 인생만사가 마음먹기에 달려 있다고 말합니다. 태산처럼 극복하기 힘든 문제 앞에서도 긍정적인 마음과 자신감만 있으면 얼마든지 상황을 극복할 수 있습니다.

의사로부터 3개월 시한부 인생을 선고받은 말기 암 환자가 3년이 지나도 멀쩡히 살아 있는 경우가 있습니다. 그 이유를 알아보면 긍정적 마음먹기의 힘, '플레세보 효과'가 작용한 경우가 많답니다.

플라세보 효과는 '사람의 마음이 육체에 영향을 준다.'라는 사실을 보여 줍니다. 그렇다면 다음 상황에서는 어떤 선택을 할 수 있을까요?

건강진단을 받은 40대 초반의 김 모 씨. 검진 결과가 나오는 날, 출근해야 하는 김 씨를 대신해 그의 아내가 결과를 받으러 병원에 갔다. 그런데 의사는 뜻밖의 말을 전해 왔다. 김 씨가 폐암 말기로 한 달을 넘기기가 어려울 것이라는 절망적인 진단을 내린 것이다.

김 씨의 가정은 경제적으로 넉넉하지 못하고, 자녀들도 아직 어리다. 아내는 암담한 현실을 받아들이기가 어려웠다. 의사도 치료를 포기했으니 더 이상 현대 의학에 기대를 걸 수도 없었다.

김 씨의 아내는 플라세보 효과를 기대하여 남편에게 암이라는 병을 숨기기로 했다. 물론 의사에게도 부탁을 해서, 퇴원하여 한 달 정도 꾸준히 약을 복용하면 쉽게 나을 병이라고 꾸몄다. 그러고선 소화제를 처방받아 남편에게 주었다.

이 경우, 여러분은 다음 두 가지 중 어느 쪽의 의견에 동의할 것인가요? 둘 중 하나를 선택하여 그 이유를 자세히 써 보세요.

의견1 환자는 자신의 병에 대해 정확이 알 권리가 있습니다. 그리고 닥쳐올 죽음에 대해서도 준비하도록 배려해야 합니다. 그런 면에서 김 씨의 아내가 플라세보 효과에 기대를 걸고 남편에게 거짓말을 하는 것은 옳지 않다고 봅니다.

의견 2 현대 의학에서 더 이상의 치료가 불가능하다고 했다면 심리학적 치료인 플라세보 효과에 기대를 걸어 봐도 된다고 생각합니다. 또한 플라세보 효과를 기대하기 위해서는 환자에게 선의의 거짓말을 할 수밖에 없으므로 김 씨의 아내를 비난할 수 없습니다.

_____

_____

_____

_____

_____

_____

_____

_____

_____

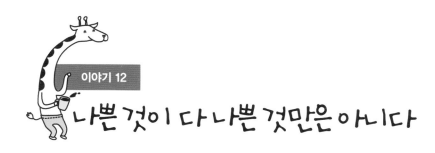

## 이야기 12
# 나쁜 것이 다 나쁜 것만은 아니다

### 이야기 1. 보들레르와 사랑의 슬픔

보들레르는 프랑스의 유명한 시인이다. 그는 다소 무절제한 사랑을 즐겼다. 그래서 그는 실연의 상처에 괴로워하며 삶을 낭비했다. 때로는 그 사랑의 체험을 시의 원천으로 삼기도 했다. 보들레르는 사랑의 슬픔을 털어 내며 유명한 말을 남겼다.

"그녀는 나에게 진흙을 던졌지만 나는 그것을 곱게 빚어 찬란한 진주를 만들었다."

사람은 절망하여 쓰러질 때가 많다. 덴마크의 철학자 키르케고르는 죽음에 이르는 병이 바로 이 절망이라고 말했다. 절망하지만 않으면 사람은 실패를 통해서도 귀중한 교훈을 얻는다. 그리고 언젠가는 꿈을 이룬다.

### 이야기 2. 부자와 사막

아버지와 아들이 뜨거운 사막을 건너고 있었다. 더위 속에서 그들은 고통스러워하고 있었다. 갈증 때문에 온몸이 갈잎처럼 바스러질 것 같았다.

아들이 마침내 주저앉고 말았다. 더 이상 걸을 수 없다며 신음처럼 중얼거렸다. 아버지는 아들에게 용기를 북돋아 주었다.

"아들아, 힘을 내라. 곧 마을이 나타날 거야."

부자는 땡볕 아래 다시 힘든 걸음을 옮겼다. 얼마나 걸었을까. 두 사람의 눈앞에 공동묘지가 나타났다.

"아버지, 다른 사람들도 여기까지 와서 이렇게 죽고 말았나 봐요. 우리도 곧 저 꼴이 되고 말겠죠?"

그러나 아버지는 더 확신에 찬 목소리로 대답했다.

"아니다. 힘을 내거라. 공동묘지가 있다는 것은 이 근처에 마을이

있다는 증거다. 조금만 더 걷자."

이렇게 힘을 준 아버지 덕분에 부자는 무사히 사막을 건널 수 있었다.

 **잠깐만!**

똑같은 사물도 바라보는 각도에 따라 서로 다르게 느껴집니다. 힘든 일을 절반 정도 마쳤을 때 여러분은 어떻게 생각하나요? 긍정적인 사람은 '벌써 반이나 했구나.' 하며 힘을 냅니다. 그러나 부정적인 사람은 '아직 반이나 남았구나.' 하며 힘들어하죠.
또 똑같은 도넛을 앞에 놓고서도, 세상을 긍정적으로 보는 사람은 그 도넛을 만든 사람의 노고를 생각하지만 무슨 일에든 부정적인 사람은 왜 빵에 구멍을 뚫어 크기를 줄였냐며 따진답니다. 이처럼 세상을 긍정적으로 바라보고 낙관적으로 해석할 때 삶은 생기를 얻습니다.

**생각이 껑충!**

**부정적 생각의 좋은 점?**
사실 부정적인 생각은 인류의 생존을 위해 반드시 존재해야 하는 것입니다. 위급한 상황을 경험하면, 그것을 토대로 '위험한 상황에 대한 부정적 생각'이 자리 잡죠. 그리고 그와 비슷한 상황이 발생하면 잽싸게 위기를 모면할 수 있고요. 다만, 모든 일에 있어서 부정적일 필요는 없다는 것입니다.

**생각이 껑충!**

**나 하나쯤 vs 나 하나만**
공공질서를 바라볼 때도, 각도에 따라 다른 자세를 보일 수 있습니다. 바로 '나 하나쯤이야.' 하는 태도와 '나 하나만이라도…….'의 태도죠. 이 두 태도가 가져오는 결과가 얼마나 다른지는 알고 있죠? 평소 여러분은 어떤 태도를 지니고 살아왔나요?

**상황 1** 신발을 만들어 수출하는 회사. 아프리카에 시장 조사를 다녀온 사원이 낸 보고서의 결론
원주민은 신발을 신지 않고 생활하고 있음. 따라서 이곳에는 단 한 켤레의 신발도 판매할 수 없음.

**상황 2** 냉장고 판매 회사. 해외 시장 개척을 위해 출장을 다녀온 사원의 보고
얼음의 땅 알래스카는 연중 기온이 거의 영하를 유지하기 때문에 냉장고를 판매할 수 없음.

**상황 3** 제설차 생산 회사. 세계 최대의 사막인 사하라 사막에 대한 시장 조사 결론
사하라 사막은 눈이 오지 않으므로 제설차를 절대 판매할 수 없음.

위 세 가지 보고는 모두 '판매할 수 없음'으로 끝나고 있습니다. 자, 이제 발상을 전환해 봅시다. 세 가지 상황 중에 하나를 택해 각 보고를 반박해 보세요. '아프리카에 신발을 판매할 수 있다, 알래스카에 냉장고를 판매할 수 있다, 사하라 사막에 제설차를 판매할 수 있다.'라고 보고하는 것입니다. 물론 무턱대고 단정해선 안 되겠죠?
예를 들어 '상황2'에서 알래스카에 냉장고를 판매할 수 있다고 보고해 볼까요?

알래스카의 영하의 날씨는 냉동식품을 만드는 데는 유효하나, 영하 이상의 실온식품을 보관하거나 온도 차이를 이용한 음식 숙성에는 맞지 않음. 따라서 온도 조절 기능이 뛰어난 냉장고를 판매할 수 있음.

어떤가요? 여러분도 한번 생각해 보세요.

# CHAPTER 2

# 창의적인 사람의
# 특성은 뭘까?

# 창의적인 사람의
# 특성은 뭘까?

　창의성이란 새롭고 유용한 결과물을 만들어 낼 수 있는 능력을 말합니다. 이전에 있었던 것과는 다른, 독창적이며 보다 새로운 산물을 생산해 내는 고차원적인 능력이라고 할 수 있죠. 일상생활에서 부딪히는 문제들을 이미 자신이 가지고 있는 지식이나 경험을 바탕으로, 더 새롭고 다양한 방법으로 해결해 가는 과정 역시 창의성입니다.

　그렇다면 창의적인 사람들에게는 그들만의 특성이 있을까요? 이 질문에 대한 대답으로, 창의성 연구 분야에서 세계적으로 유명한 학자인 칙센트미하이의 연구 결과를 소개합니다. 칙센트미하이가 말하는 창의적인 사람의 특성은 모두 다섯 가지입니다.

먼저 첫째는 창의적인 사람들은 대단한 활력을 가지고 있는 한편, 혼자 조용히 시간을 보내는 것도 좋아한다는 것입니다. 창의적인 사람들은 왕성한 의욕을 가지고 어떤 일을 시작하면 누가 옆에서 말을 걸어도 모를 정도로 몰두하는 경향이 있습니다.

그러나 또 한편으로는 게을러 보일 정도로 꼼짝하지 않고 가만히 앉아 생각에 잠기거나 낮잠을 즐기기도 하죠. 여러분은 어떤가요? 혼자 있는 시간을 얼마나 즐기고 있으며, 그 시간에 주로 무엇에 몰입하나요? 청소년기에 혼자 있는 것을 견디지 못하면 인간의 고차원적인 사고력은 개발되지 않습니다. 하지만 요즘 사람들은 혼자만의 시간을 즐기는 능력을 잃어 가고 있습니다. 혼자서 컴퓨터를 하고 휴대 전화를 만지작거리며 텔레비전을 보더라도, 그것은 진정한 의미에서 혼자 있는 것이 아닙니다. 깊은 생각과 그 결과로 얻어지는 창의성은 혼자만의 외로움을 견디는 능력에서 나온답니다.

창의적인 사람들의 두 번째 특성은 외향성과 내향성이라는 상반된 성향을 함께 갖고 있다는 점입니다. 다시 말해, 외부와 소통하는 마음의 문을 닫아걸 때와 활짝 열어 둘 때를 구분한다는 것이죠. 다른 사람과 소통하며 함께 일을 할 때는 외향적 성향을 갖고 있다가도, 철저하게 혼자만의 작업이 필요할 때는 과감하게 자신만의 공간에 파묻힐 줄 알아야 창의적인 생각이 자랄 수 있습니다.

셋째는 창의적인 사람은 매우 겸손하면서도 동시에 자존심이 강하다는 것입니다. 이러한 이중성은 야망을 갖고 있으면서도 동시에 희생할 줄도 아는 경향이나, 경쟁적이면서 동시에 협동적인 성향으로도 나타납니다.

넷째 특성은, 창의적인 사람들은 개방적이면서도 동시에 감성적인 성향이라는 점입니다. 그래서 종종 즐거움뿐 아니라 고통과 역경도 함께 경험하죠. 남들이 가지 않는 길을 가야 하기에 불안을 경험할 수밖에 없는 것이죠. 그 가운데서 평범한 사람들이 느낄 수 없는 성취감으로 큰 기쁨도 경험하게 된답니다.

창의적인 사람들의 마지막 특성은 불확실한 것이나 애매모호한 것을 견디는 능력이 남다르다는 것입니다. 우리는 대부분 불확실한 것을 싫어합니다. 애매모호한 상황에 처하게 되면 불안감을 느끼는 것이 일반적이죠. 그러나 창의적인 사람들은 오히려 애매모호한 상황을 즐기며 그것을 나름대로 정리하려고 노력합니다. 이것은 아마도 창의적인 사람들이 가진 남다른 모험심과 관련이 있는 것이 아닌가 생각됩니다. 여러분은 불확실한 것과 맞닥뜨릴 때, 어떻게 대처하나요? 확실하게 정리하려는 노력을 하나요, 아니면 애매모호한 것을 견디나요? 그것도 아니라면 '골치 아픈 것은 딱 질색이야!'라고 생각하며 피해 버리나요?

이상에서 살펴본 창의적인 사람들의 특성을 한마디로 요약하면 '복합적인 성격'이라고 할 수 있습니다. 상반된 성향을 동시에 지닌다고도 말할 수 있습니다. 사람이 가진 상반된 성향 중 어느 한쪽에 치우치면 창의성이 떨어집니다. 그러므로 복합적이고 양면적인 성향을 적절히 활용할 수 있는 사람들이야말로 새로운 것을 만들어 내는 일에 적합한 것입니다.

칙센트미하이 이외에도 창의성 연구 분야에서 많은 연구를 한 사람으로 스턴버그와 루바르투프가 있습니다. 이들은 여러 학자들이 연구해 낸 창의성을 다섯 가지로 요약하여 제시하였습니다.


1. 애매모호한 것에 대한 참을성
2. 뛰어난 인내
3. 자기 성취에 대한 욕구
4. 기꺼이 모험을 감수하려는 정신
5. 경험에 대한 개방성


이러한 연구 결과는, 칙센트미하이가 노벨상 수상자 등 창의적인 인물 100명을 인터뷰해 연구한 결과와도 많은 부분 일치합니다. 역사적으로 빛나는 업적을 남긴 100명을 선정하여 그들의 행동 및 성격을 연구한 것인데요. 그 연구 결과를 요약하면 다음과 같습니다.


1. 확고한 목표

2. 사회에 대한 관심

3. 남다른 독립심

4. 탁월한 균형 감각

5. 책임감

6. 특별한 호기심

7. 철저한 지식적 준비

8. 다양한 분야에 대한 흥미

9. 자신을 개방하는 능력

10. 용기

11. 혼자만의 시간 확보

12. 성실함, 꾸준한 노력


이제 창의적인 사람들의 특성을 잘 알겠죠? 중요한 것은, 창의적인 사람들의 특성에 비추어 여러분 자신을 성찰해 보는 일입니다. 창의적인 사람들의 특성을 닮으려고 노력할 때, 여러분도 창의적인 사람으로 서서히 변화될 것입니다.

# 손이야기

 손은 다양한 표정을 갖고 있다. 손을 굳게 쥐면 주먹이 된다. 주먹은 분노의 표정을 짓고 있다. 손을 활짝 펼친 손바닥이 부드러운 곡선이라면 주먹은 날카로운 직선이다. 상대를 공격하려고 잔뜩 웅크린 모습이다. 불거져 나온 마디마디에 독기가 서려 있다.

 주먹을 가만히 풀면 손바닥이 된다. 빈손이다. 펼쳐진 손바닥은 상대를 쓰다듬으려는 모습이다. 그래서 손바닥은 격려의 표상이다. 그 손바닥이 스쳐 지나간 얼굴에는 미소가 번지고 용기와 자신감이 생겨난다.

 손바닥 둘을 가만히 맞대면 기도하는 손이 된다. 그것은 은혜에 감사하는 손이요, 자신의 연약함을 아는 겸허한 손이다.

 깍지 낀 손은 결의를 담고 있고, 까딱이는 손은 가까운 사람을 부르는 친근함의 얼굴을 하고 있다.

 손은 서로 도우며 사는 법을 가르쳐 준다. 손을 씻는 모습을 관찰해 보라. 오른손은 오른손 스스로를 씻지 못한다. 반드시 왼손이 씻겨 줘야 한다. 씻어 주고 있는 왼손은 동시에 저 자신도 오른손에 의해 씻긴다. 뿐만 아니라 오른손에 무거운 것이 들리면 왼손이 얼른 가서 도와준다. 못 본 체, 모르는 체 하는 법이 없다.

손에는 그 주인의 삶이 투영되어 있다. 손

은 그 주인이 살아온 날들을 기록해 놓은 일기장 같은 것이다. 범죄를 일삼아 온 손이 있는가 하면 왼손이 모르는 선행을 많이 행한 오른손이 있다. 열심히 일해 손마디가 굵직한 근면이 배인 손이 있는가 하면, 길쭉한 손가락이 예뻐 보이지만 사치를 일삼아 온 낭비의 손도 있다.

### 잠깐만!

곤충학자 파브르가 중학교 교사로 근무할 때 일입니다. 당시 문무 대신이었던 빅토르가 파브르를 찾아갔습니다. 빅토르는 파브르의 연구 논문을 읽은 적이 있었습니다. 앞으로 매우 뛰어난 학자가 되리라 예측하고 있던 터였죠.

빅토르는 실험실을 찾아가 파브르에게 악수를 청했습니다. 빅토르 문무 대신의 갑작스런 방문에 당황한 파브르는 얼른 손을 뒤로 감추었습니다. 그리고 지금 손이 너무 더러워서 악수를 할 수 없다며 정중히 사과했습니다.

그때 문무 대신이 파브르의 손을 높이 올리며 이렇게 말했습니다.

"이 손은 일하는 손입니다. 흙과 약품, 펜과 현미경을 만지는 이 손이 얼마나 고귀합니까?"

여러분이 '잠깐만!'에 나온 빅토르 문무 대신이라면, 자신의 손이 더럽다며 부끄러워하는 파브르에게 어떤 말을 해 주겠습니까? '손 이야기'를 참고하여 빅토르가 했을 말을 상상해 보세요.

_____

_____

_____

_____

_____

_____

_____

_____

_____

_____

_____

# 어느 여인의 기도

　오늘 나는 버스에서 매우 아름다운 여인을 보았다. 큰 눈이며 우뚝한 코, 밝은 표정까지 천사가 따로 없었다. 그 여인에 비하면 나는 볼품없는 외모였다. 같은 여자로서 너무 질투가 나서 버스를 타고 가는 내내 그 여인을 째려보았다. 그런데 그 여자가 차에서 내리려고 일어설 때, 몹시 절뚝거리는 게 보였다. 단순히 접질리거나 다친 게 아니라 오래전부터 다리가 불편했던 것 같았다. 나는 마음속으로 기도를 올렸다.

　'오, 주님! 제가 징징 우는 소리를 내거들랑 저를 용서해 주세요.'

　집에 돌아오는 길에 동네 식료품점에 들렀다가 그곳에서 일하는 청년을 만났다. 평소 못 보던 사람이었는데 새로 왔는지 매우 상냥하게 손님을 대했다. 나는 잠시 그와 이야기를 나누었다. 얼굴이 너무 새하얗다는 나의 말에 그는 "저는 이름 모를 병으로 지난 5년간 병원에서 누워만 지냈습니다. 햇빛을 못 봐서 그런지 피부가 하얘졌네요." 하고 구김 없이 말했다. 나는 마음속으로 기도를 올렸다.

## 생각이 껑충!

**부러움**

누구나 다른 사람이 부러워 질투하거나 괜한 투정을 부려 본 적이 있을 거예요. 그러나 그 사람은 오히려 나를 부러워하고 있을 수도 있겠죠.

친구들이 나를 부러워할 만한 것들을 적어 보세요. 아마 그동안 여러분이 모르고 지냈던 여러분만의 장점을 발견할 수 있을 것입니다.

'오, 주님! 제가 징징 소리를 내도 저를 용서해 주세요.'

길을 가다 유난히 맑은 눈빛을 가진 한 어린아이를 만났다. 그 아이는 친구들이 노는 것을 지켜보고 우두커니 서 있었다. 궁금해져서 "너는 왜 다른 아이들과 어울리지 않니?" 하고 물었다. 아이는 아무 말 없이 나의 얼굴을 들여다보았다. 대답 없는 아이에게 한

94

번 더 묻고 나서야 나는 그 아이가 듣지 못한다는 사실을 깨달았다.

'오, 주님! 제가 징징 우는 소리를 내거들랑 저를 용서해 주세요.'

마음껏 걸을 수 있고 때로는 뛸 수도 있는 두 다리, 눈을 뜨면 학교에 갈 수 있는 건강함, 아름다운 하늘을 볼 수 있는 두 눈, 맑은 시냇물 소리를 들을 수 있는 두 귀가 있어 너무나 감사하다.

나는 정말 행복한 사람이다.

 잠깐만!

우리에게 더 이상 바라지 않고 만족하는 일은 너무나 어려운 것 같습니다. 수필가 이양하 선생님의 글 '나무' 중 한 대목을 같이 감상해 봅시다.

나무는 덕을 지녔다. 나무는 주어진 분수에 만족할 줄을 안다. 나무로 태어난 것을 탓하지 아니하고, 왜 여기에 놓이고 저기 놓이지 않았는가를 말하지 아니한다. 등성이에 서면 햇살이 따사로울까, 골짜기에 내려서면 물이 좋을까 하여, 새로운 자리를 엿보는 일도 없다. 물과 흙과 태양의 아들로, 물과 흙과 태양이 주는 대로 받고, 득박(得薄)과 불만족을 말하지 아니한다. 이웃 친구의 처지에 눈 떠 보는 일도 없다. 소나무는 소나무대로 스스로 족하고, 진달래는 진달래대로 스스로 족하다.

나무는 우리와 달리 안분지족하며, '징징 우는 소리'를 내는 법이 없답니다.

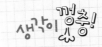 생각이 껑충!

**안분지족(安分知足)**
자기 분수에 만족할 줄 아는 자세를 말합니다. 여러분은 안분지족하는 생활을 하고 있나요?

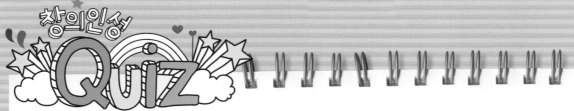

매일 반찬 투정을 하고 최신형 컴퓨터와 스마트폰을 사 주지 않는다고 '징징 우는
소리'를 내는 동생이 있다고 가정하고, 위의 이야기를 참고하여 편지를 써 보세요.

_____

_____

_____

_____

_____

_____

_____

_____

_____

_____

_____

_____

# 이왕 하는 일, 즐기면서 하자

공자가 말했다.

'지지자불여호지자(知之者不如好之者), 호지자불여낙지자(好之者不如樂之者).'

아는 것보다 좋아하는 것이 낫고, 좋아하는 것보다 즐기는 것이 더 낫다는 말이다.

화초를 기를 줄 아는 지식보다 화초가 좋아 화초를 직접 기르는 것이 더 낫다. 똑같은 이치로, 세상을 살아가는 처세술을 배우는 것보다 사람이 좋고 일이 좋아 열심히 살아가는 것이 더 낫다. 그보다 더 좋은 삶은 인생을 건전하게 즐기며 사는 태도이다.

공자는 이 대목에서 다시 경고한다. 낙이불음(樂而不淫), 즉 즐기되 빠지지 말라는 것이다. 인간은 어떤 것을 즐기다 보면 그것에 빠지게 되고 음란해지기 쉽다. 이것이 인간의 약점이다. 권력을 좋아하다 보면 권력에 빠지고 돈을 좋아하다 보면 돈에 빠진다. 즐기되 빠지지 않으려면 굳센 의지와 균형 감각이 필요하다.

예배당을 짓기 위해 세 명의 석공이 돌을 다듬고 있었다. 그들에게 왜 돌을 다듬느냐고 물었다.

첫 번째 사람이 말했다.

"죽지 못해 일하지요. 목구멍이 포도청이니……."

두 번째 사람은 이렇게 말했다.

"열심히 일해 처자식을 먹이고 재산도 늘려 가니 좋은 일이지요."

나머지 한 사람은 기쁜 낯빛으로 이렇게 말했다.

"내가 정성껏 다듬은 돌이 예배당을 이루는 한 부분이 되니 얼마나 기쁜 일입니까? 그래서 즐거운 마음으로 일하지요."

세 사람 중, 누가 진정 행복한지는 자명하다. 자신의 일에 자부심을 느끼며 일을 즐길 때 인간은 행복을 느낀다. 지위가 높든 낮든, 석공이든 목공이든 행복은 '나 자신의 마음속'에 있다. 삶을 즐기자. 일을 즐기자. 공부를 즐기자!

 잠깐만!

피겨 여왕 김연아 선수는 1년에 약 300일 가량을 훈련에 몰두한다고 합니다. 거의 매일 연습을 하는 셈이죠. 하루에 어림잡아 300회 정도 점프 훈련을 하는데 1년이면 90,000회를 뛰어오릅니다. 점프 훈련 중 성공할 확률은 대략 80%, 따라서 1년이면 18,000번 가량 엉덩방아를 찧는다는 계산이 나오는데요. 엉덩방아를 찧으면 엉덩이서부터 허리, 손목, 무릎, 등에까지 상처를 입기도 합니다. 연습이 끝난 후에는 온몸이 쑤시고 아프죠. 김연아 선

생각이 쑥쑥!
- - - - - - - - - - - - - - -
**운동선수들의 하루**

운동선수들은 매일 똑같은 일정에 맞춰 힘겨운 훈련에 임합니다. 포기하고 싶은 순간도 많지만, 꾸준히 노력하지 않으면 경쟁자와 실력이 천양지차로 벌어지기 때문에 이를 악물죠.

여러분이 좋아하는 운동선수의 훈련 일과를 알아보세요. 그 선수가 지금 그 자리에 오르기까지 얼마나 많은 노력을 했는지, 그리고 얼마나 자신이 하는 운동을 사랑하는지 등을 알아보면 동기 부여가 될 것입니다.

수의 발에는 그 숱한 훈련의 시간들이 상처가 되어 남아 있습니다. 하지만 김연아 선수는 지루하고 힘겨운 훈련에도 이튿날이 되면 어김없이 훈련장을 찾습니다. 그리고 고통스러운 순간들을 극복하고 오히려 그것을 즐긴다고 합니다. 세계적인 피겨 여왕 김연아를 만든 것은 바로 이 즐기는 자세가 아닐까요? 빙상 위에서 펼쳐지는 김연아 선수의 모든 움직임들은 고통을 겪고 피어난 한 송이 핏빛 꽃처럼 우아합니다.

중국 노나라 재경이란 목수는 거문고를 굉장히 잘 만들기로 유명했습니다. 그 명성이 왕의 귀에까지 들어가, 재경은 왕의 초대를 받게 되었습니다. 왕은 재경을 보고 "어떻게 거문고를 만들었길래 그리 소리가 좋은가?"라고 물었습니다. 이에 재경은 주저하지 않고 이렇게 답했습니다.

"사흘 동안 거문고만 생각합니다. 그리고 거문고 소리를 마음으로 들으며, 즐거운 마음을 지닌 채 거문고를 만듭니다."

즐거움, 그것이 바로 재경만의 비법이었던 것입니다.

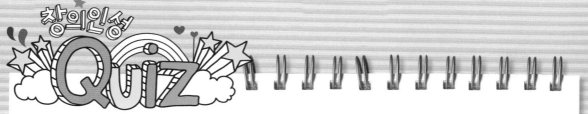

마지못해 공부할 때는 시간도 안 가고 책상에 앉는 자체가 힘들지요. 그러나 좋아하는 과목을 공부할 때는 시간 가는 줄도 모르고 몰입하게 됩니다. 이렇게 즐거운 마음으로 공부하면 그 어느 때보다 학습 효과가 좋답니다.

어떤 한 가지 일에 흠뻑 빠져서 세상모르고 즐겼던 경험을 떠올려 보세요. 그리고 그때의 기분과 느낌 등을 자세히 적어 봅시다.

_____

_____

_____

_____

_____

_____

_____

_____

_____

_____

Kitchen

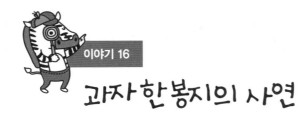

# 과자 한 봉지의 사연

슬아는 시계를 들여다보았다. 비행기 탑승 시간까지 아직 여유가 있었다. 슬아는 잠시 매점에 들러 잡지 한 권과 과자 한 봉지를 사 대기실로 갔다.

빈 의자에 앉아 잡지를 보는데, 잠시 뒤 슬아 귀에 뭔가 부스럭거리는 소리가 들렸다. 옆을 쳐다보니 어떤 중년 남자가 방금 슬아가 사온 과자를 뜯어 먹고 있었다. 슬아는 조금 당황스러웠지만 뭐라고 말하기도 그렇고 해서, 그냥 자기도 과자를 하나 집어 먹었다.

중년 남자는 너무도 뻔뻔했다. 슬아가 하나 집어 먹으면 아무렇지 않게 자기도 하나 집어 먹는 것이었다. 두 사람은 그렇게 서로 번갈아 가며 과자를 먹었다. 누가 보면 과자 먹기 내기라도 하는 것처럼 보일 만큼 우스운 광경이었다.

이제 과자는 딱 하나 남게 되었다. 슬아는 중년 남자의 눈치를 살폈다.

'설마 마지막까지 뻔뻔스럽게 내 과자를 먹기야 하겠어?'

이윽고 남자가 마지막 남은 과자를 들어 올렸다. 남자는 마지막 과자를 먹으려다 문득, 이제 더 이상 과자가 없다는 것을 알았는지 들고 있던 과자를 절반으로 쪼갰다. 그러더니 절반은 자기가 먹고 절반은 봉지에 위에 올려놓았다. 그러고는 씽긋 웃으면서 자리에서 일어났다. 슬아는 어이가 없었다. '세상에 어쩜 저런 철판 깐 사람이 다 있나. 능글맞게 웃기까지⋯⋯. 어휴, 사람이 이리 뻔뻔스러울 수가⋯⋯.'

몹시 불쾌해진 슬아는 한동안 호흡을 골라야 했다. 잠시 뒤 비행기에 올라서도 슬아는 그 남자의 뻔뻔스럽고 무례한 모습이 아른거려 기분이 언짢았다.

그런데 이게 웬일인가. 안경을 닦기 위해 손수건을 꺼내려고 가방을 열었는데, 그 안에 슬아가 샀던 과자가 그대로 들어 있는 것이 아닌가!

슬아의 얼굴은 붉게 물들고 말았다. 슬아가 열심히 먹은 과자는 사실 그 남자의 과자였던 것이다.

 **잠깐만!**

'적반하장(賊反荷杖)'이라는 말이 있습니다. 도둑이 도리어 매를 든다는 뜻으로, 잘못한 사람이 아무 잘못도 없는 사람을 나무람을 이르는 말이죠. '방귀 뀐 놈이 성낸다.'라는 속담도 비슷한 뜻입니다. 위 이야기 속 슬아에게는 적반하장이라는 말이 딱 어울리겠네요.

자신의 잘못은 깨닫지 못하고 오히려 남을 탓하거나 의심한 일이 있나요? 소위 말해 자다가 이불 뻥뻥 차게 만드는 기억이죠. 혹시 있다면, 그 일을 상세히 적어 보세요.

그런 일이 없다고요? 그렇다면 위 이야기에 등장하는 남자와 슬아가 비행기 옆 좌석에 공교롭게 나란히 앉게 되었다고 가정하고 어떤 대화가 오고 갔을지 상상해 적어 보세요.

_____

_____

_____

_____

_____

_____

_____

_____

_____

_____

_____

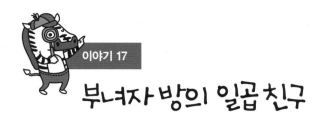

# 부녀자 방의 일곱 친구

우리는 서로 다르다. 생김새가 다르고 성격도 다르다. 이 단순한 사실을 잊을 때, 우리는 서로를 이해하지 못하게 되고 갈등이 시작된다. 사람들은 남이 자기와 다르다 하여 비난하며 싸움을 건다. 그러나 기억하라. 똑같은 햇빛에 부엉이는 눈을 감고 독수리는 눈을 뜬다. 똑같은 햇빛에 식물은 광합성을 해 자라고 얼음은 녹아 사라진다.

예부터 부녀자의 방에는 일곱 가지 바느질 도구가 꼭 있어야 했다. 선비의 방에는 문방사우(文房四友)요, 규방에는 규중칠우(閨中七友)였다.

어느 날 이 일곱 친구가 서로 제 잘났다고 우기며 목소리를 높였다. 옷을 만드는 데 자기 공이 으뜸이라는 거였다. 먼저 척 부인(자)이 긴 허리를 뽐내며 나섰다.

"아무리 좋은 비단이 있다 하여도, 길고 짧으며 넓고 좁음을 정확히 재지 못하면 입을 수 없는 옷이 만들어진다네."

구석에 앉아 있던 교두 각시(가위)가 양다리로 성큼성큼 달려와
말했다.

"척 부인아, 그대가 아무리 옷감을 잘 재어 놓아도 내가 베어 내지
않으면 그게 옷이 되겠느냐? 마름질에는 내 공이 제일이니라."

이때 세요 각시(바늘)가 가는 허리와 날랜 부리를 흔들며 끼어들
었다.

"두 친구 말 들어 보니 우습구나. 진주 열 그릇인들 꿴 후에야 보배이거늘. 옷감을 재고 자른들 내가 있어 잘게 뜨며 굵게 박아 놓지 않으면 무슨 소용인가."

청홍 각시(실)는 얼굴이 붉으락푸르락하여 성난 목소리로 나섰다.

"세요 각시야, 네 공이 바로 내 공이라. 네 아무리 잘난 체하나 이 청홍 각시 없이 어찌 한 땀 한 땀 바느질이 되겠느냐."

감토 할미(골무)는 그래도 노인네답게 여유 있게 웃으며 말을 거들었다.

"옛말에 이르기를 닭의 입이 될지언정 소의 꼬리는 되지 말라 하였는데, 청홍 각시는 세요 각시의 뒤만 졸졸 따라다니면서 무슨 말이 많으냐. 내가 자랑하는 성격이 아니라서 그렇지, 바느질하는 아씨들 손끝 아프지 않게 하는 공을 그 어디에 비유하리."

인화 낭자(인두)도 빠지지 않는다.

"여보세요들, 너무 다투지 마세요. 바느질 재주 없는 사람이 곱게 박음질 못 해도 내 손이 한 번 지나가면 깨끗하게 펴지니, 세요 각시의 공이 나로 인하여 완성되는 게 아닌가요?"

마지막으로 울 낭자(다리미)가 큰 입을 벌리고 너털웃음을 한바탕 웃는다.

"인화야, 너는 나와 역할이 비슷하구나. 하지만 너는 바느질에만 필요하지만 난 천만 가지 의복에 관여한단다. 빨래하여 널어둔 저 수많은 옷들을 나 아니면 어찌 주름 없이 깨끗하게 입을 수 있겠느냐?"

이렇게 모두들 자기 자랑을 늘어놓았다. 옆에서 듣고 있던 규방 부인도 공치사했다.

"일곱 친구들이여. 그대들의 공으로 옷을 만드는 것은 사실이나 그 공이 사람의 쓰기에 달렸나니 어찌 너희들이 자기 공을 내세울 수 있겠느냐."

규방 부인은 그렇게 말하고서 바느질 도구들을 구석으로 밀치더니 베개를 돋우고는 낮잠을 청했다.

 잠깐만!

위 이야기는 작자 미상의 고대 수필 '규중칠우쟁론기(閨中七友爭論記)'를 풀어서 옮긴 것입니다. 이와 비슷한 우화로 '손과 위장'이 있습니다.

손이 자기 처지를 비관하며 불평을 늘어놓았습니다.

생각이 껑충!

- - - - - - - - - - -

**'우리'가 제일 잘나가**

협력이 중요한 일에는 유독 뛰어난 한 사람이 있는 것보다, 아주 뛰어난 사람은 없더라도 서로 단합이 잘되는 팀이 더욱 강세를 보입니다. 여러분이 다른 사람과 협력을 통해 이루었던 일에는 어떤 것이 있습니까? 그때 모두가 한마음으로 일을 성공해 냈나요? 아니면 서로 갈등하며 힘겨웠나요?

"나는 밤낮 쉴 새 없이 일만 하느라고 이렇게 거칠어졌어. 주인은 나를 칭찬해 주지도 않아. 그런데 위장이란 놈은 가만히 앉아서 밥만 받아먹어. 정말 불공평하단 말이야."

발도 맞장구를 쳤습니다.

"맞아, 나도 그래. 그 무거운 몸뚱이를 다 지탱하면서 다니느라 얼마나 힘든데…… 그런데 위장이라는 놈은 일은 조금도 하지 않고 끼니때마다 밥을 공짜로 얻어먹기만 하니 정말 얄미운 놈이야."

그 말을 들은 위장은 화가 나서 일을 하지 않기로 했답니다. 음식을 소화시키는 일을 중단해 버린 것입니다. 이다음엔 어떻게 되었을까요? 결국 위장이 소화시켜 얻은 영양소가 다 사라져, 손과 발은 힘을 잃어버릴 수밖에 없었답니다.

인체의 여러 부위(눈, 코, 입, 심장 등)를 의인화하여 우화를 한 편 써 보세요. 물론
주제는 '손과 위장', '규중칠우쟁론기'와 같은 것으로요!

# 플레밍과 처칠의 우정

한여름 피서 철, 영국에서 있었던 일이다. 도시에서 온 한 소년이 호수에서 헤엄을 치고 있었다. 모처럼 만의 나들이에 신바람이 난 소년은 지칠 줄 모르고 수영을 즐겼다. 그런데 갑자기 발에 쥐가 났다. 소년은 소리도 지르지 못하고 허둥대기 시작했다. 위험한 순간이었다.

그때, 다른 한 소년이 달려왔다. 그 마을에 사는 농부의 아들이었다. 그 아이는 날쌔게 물로 뛰어들었다. 그리고 깊은 물속을 유유히 헤엄쳐 도시 소년을 구해 냈다.

그 일을 계기로 두 소년은 친구가 되었다. 둘의 우정은 점점 깊어 갔다. 도시 소년은 어떻게든 생명의 은인에게 은혜를 갚고 싶었다. 그래서 시골 소년에게 넌지시 꿈을 물어 보았다.

"넌 꿈이 뭐야?"

"난 의사가 될 거야. 병들어 괴로워하는 사람들을 도와주고 싶어."

이 말을 들은 도시 소년은 곧바로 부모님에게 조언을 구했다. 시골 소년은 대학에 갈 만큼 형편이 넉넉지 못했던 것이다. 도시 소년의 아버지는 자기 아들을 구해 준 생명의 은인을 기꺼이 돕기로 약속했다.

그렇게 해서 시골 소년은 의학 공부를 하게 되었고, 훗날 엄청난 일을 해내게 된다. 바로 20세기 기적의 약이라 불린 페니실린을 발견한 것이다. 페니실린은 지금에야 별로 사용되지 않는 약이지만 항생제가 없었던 당시로서는 대단한 약이었다. 시골 소년은 이 약으로 노벨의학상을 받게 된다. 시골 소년의 이름은 알렉산더 플레밍이었다.

한편 플레밍이 위대한 의학자가 될 수 있도록 도운 도시 소년 역시 훌륭하게 자라 유명한 인물이 되었다. 그런데 그는 불행하게도 한창 일할 나이에 폐렴으로 쓰러져 위독한 지경에 이르렀다. 바로 그때, 친구인 플레밍이 개발한 페니실린이 급송되었다. 페니실린 주사를 맞고 그는 또 한 번 위기를 넘기게 된다.

플레밍이 두 번이나 살려낸 사람은 바로 영국의 위대한 수상 윈스턴 처칠이다.

**짝짝짝!**
이 이야기에 등장하는 두 사람 모두 훌륭하군요. 플레밍과 윈스턴 처칠이 훌륭한 점을 각각 이야기해 보세요.

 잠깐만!

중국 춘추시대 위무자(魏武子)의 아들 과(顆)는 아버지가 죽자 아버지의 첩을 잘 봉양하였습니다. 아버지의 첩을 좋은 자리에 시집까지 보내 주었다고 합니다.

후에 과가 진나라와의 전쟁에 나갔다가 죽을 지경에 처하게 되었습니다. 그때 적군이 묶여 있는 풀에 걸려 넘어지고 말았습니다. 이 덕분에 과는 적을 잡을 수 있었죠. 그날 밤 과의 꿈속에 한 노인이 나타나 말했습니다.

"나는 그대가 시집보내 준 여자(아버지의 첩)의 아비 되는 사람이오. 그대에게 은혜를 갚기 위해 내가 적군의 길 앞에 풀을 엮어 둔 것이오."

여기서 나온 고사성어가 바로 '결초보은(結草報恩)'입니다. 풀을 엮어 은혜를 갚았다는 말로, 한 번 입은 은혜는 영원히 잊지 않음을 의미합니다.

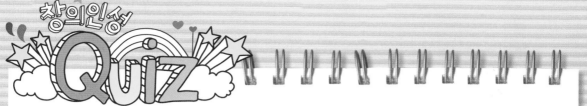

앞의 이야기에서, 도시 소년이 생명의 은인인 시골 소년에게 은혜를 갚지 않았다
면 그 다음의 이야기는 어떻게 달라질 수 있을까요? 두 소년이 각각 어떻게 자라
고, 그 결과 어떤 일이 생길지 자유롭게 상상해 보세요.

_____

_____

_____

_____

_____

_____

_____

_____

_____

_____

_____

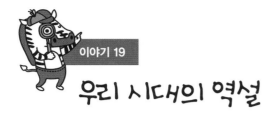

# 우리 시대의 역설

건물은 높아졌지만 인격은 더 낮아졌다.

고속도로는 넓어졌지만 시야는 더 좁아졌다.

소비는 많아졌지만 마음은 더 가난해졌다.

더 많은 물건을 사지만 기쁨은 줄어들었다.

집은 커졌지만 가족은 더 적어졌다.

생활은 편리해졌지만 시간은 더 없어졌다.

학력은 높아졌지만 상식은 더 부족해졌다.

지식은 많아졌지만 판단력은 더 떨어졌다.

전문가들은 늘어났지만 문제는 더 복잡해졌다.

병원과 약은 많아졌지만 건강은 더 나빠졌다.

 잠깐만!

제프 딕스라는 사람이 쓴 글입니다. 그가 인터넷에 이 글을 쓴 이후, 사람들이 자기의 생각을 댓글로 달아 놓았다고 합니다. 어떤 게 있었는지 볼까요?

생활비를 버는 법은 배웠지만 어떻게 살 것인가는 잊어버렸다.

달에 갔다 왔지만 길을 건너가 이웃을 만나기는 더 힘들어졌다.

외계는 정복했는지 모르지만 우리 안의 세계는 잃어버렸다.

공기 정화기는 갖고 있지만 영혼은 더 오염되었다.

원자는 쪼갤 수 있지만 편견은 부수지 못한다.

자유는 늘었지만 열정은 더 줄어들었다.

키는 커졌지만 인품은 왜소해졌다.

세계 평화를 더 많이 이야기하지만 전쟁은 더 많아지고 있다.

여가 시간은 늘어났어도 마음의 평화는 줄어들었다.

학교는 늘어났지만 교양과 상식이 없는 사람은 더 많아졌다.

선생님들은 많아지는데 스승은 더 줄어들고 있다.

 생각이 껑충!

------

**더 깊이 음미해 보자**

이 글의 마지막 줄에 '병원과 약은 많아졌지만 건강은 더 나빠졌다'는 문장이 있습니다. 의학이 발전하면서 전에는 몰랐던 병들이 많이 발견되어, 병원과 약이 많아졌다는 뜻으로 해석할 수 있지요.

이렇게 문장마다 의미를 더욱 깊이 생각해 보세요. 왜 지식이 많아졌는데 판단력은 떨어진 것인지, 전문가는 늘어났는데 문제는 왜 더 복잡해져만 가는지 여러분 나름대로 해석해 보는 것입니다.

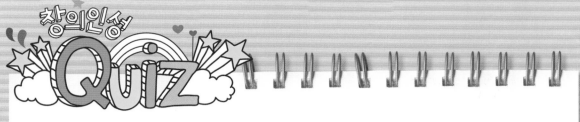

여러분도 한번 댓글을 달아 보세요. 앞에서 제시한 문장 형식으로 여러분이 생각
하는 '우리 시대의 역설'을 적고 설명해 봅시다.

_____

_____

_____

_____

_____

_____

_____

_____

_____

_____

_____

_____

_____

# 피그미족의 위기

　아프리카의 열대림에 동화 속 마을처럼 아주 평화로운 마을이 있었다. 오천 명가량의 피그미족들이 오순도순 모여 사는 곳이었다. 피그미족은 평균 키가 1.2~1.4m로 매우 작다.《백설 공주》에 나오는 난쟁이 마을과 비슷하지 않을까.

　피그미족은 아침에 해가 떠오르면 눈을 비비고 일어나 야생동물을 사냥한다. 나뭇잎 사이로 내리쬐는 눈부신 햇빛 속을 내닫기도 하고 나무를 타기도 한다. 이글거리던 한낮의 태양이 기울고 열대의 숲에 서늘한 저녁이 찾아오면 가족들이 하나씩 모여든다. 함께 모여 앉아 사냥한 고기를 구워 먹으며 여유로운 시간을 보내기 위해서다. 그러다 어두워지면 움막으로 들어간다. 낮 동안의 수렵으로 지친 몸에 넉넉한 포만감이 얹히고, 곧 잠에 빠져든다. 피그미족은 이처럼 단순한 생활을 반복한다.

　문명에 익숙한 우리의 눈에는 몹시 심심해 보일 수도 있는 생활이다. 하지만 그들이 필요로 하는 것은 밀림 속에 다 채워져 있다. 아니, 더 정확하게 말한다면 피그미족들은 밀림 속에서 구할 수 없는 것은 탐내지 않는다. 문명인들처럼 무엇을 긁어모으려고 애쓰지 않는 것이다.

피그미족은 자연에서 나서 자연을 이용하고 즐기다가 자연 속에 묻힌다. 열대지방이라서 옷도 별 필요 없다. 먹을 것도 지천으로 널려 있지만 먹을 만큼 따 먹고, 배를 채울 만큼만 잡아먹는다.

직업이니 학력이니 지위니 하는 말조차 사용되지 않는다. 그런 것이 필요 없으니 경쟁도 없다. 남보다 앞서겠다는 욕심이 없으니 자연히 시기나 미움도 없다. 샘물처럼 맑은 마음으로 살아간다. 마음이 맑으니 질병도 거의 없다. 더구나 큰 나무를 오르내리며 밀림을 헤치고 달리는 생활을 반복해 몸도 건강미가 넘친다.

그런데 그 마을에 엄청난 변화의 바람이 휘몰아치기 시작했다. 피그미 마을에 관광객들이 찾아오기 시작하면서 생겨난 변화였다. 문명인들의 구경거리가 된 그들은 나날이 달라져 갔다.

첫 번째로 피그미족이 옷을 입기 시작했다. 물론 문명인들이 던져 준 옷이었다. 그들은 더 좋은 옷을 얻기 위해 관광객들이 오면 이리저리 뒤따라 몰려다니게 되었다.

두 번째 변화는 전염병이 생기기 시작했다는 점이다. 외지인에게서 옮은 콜레라와 뇌막염이 퍼져서 몇 년 사이에 천여 명 이상이 죽어 나갔다. 밀림 속이 전염병에 노출되자 속수무책이었다.

　세 번째는 술을 비롯하여 마리화나 같은 환각제를 사용하게 되었다는 것이다. 전에는 알지 못했던 쾌락의 늪에 피그미족은 점차 빠져들기 시작했다.

　마지막으로, 무엇보다도 중요한 변화는 그들이 돈을 알게 되었다는 점이다. 피그미족은 관광객들이 던져 주는 돈으로 담배나 술을 살 수 있다는 것을 알게 되었다. 그래서 더 많이 가지려고 애썼고 그

## 생각이 쑥쑥!

---

**자연에서 멀어지면……**
자연에서 멀어지면 건강에서도 멀어진다는
말이 있죠? 피그미족들이 멸족해 가는 과
정을 보니, 그 말이 다시 떠오르는군요. 여
러분도 자연에서 멀어져 가고 있지는 않나
요? 인스턴트식품, 가공식품만 먹으며 방에
틀어박힌 채 하루를 보내지는 않나요?

러다 보니 자연히 탐욕이 마음을 지배하게 되었다.

이런 변화로 인해 중앙아프리카 지역에 오천 명가량이었던 피그미족은, 지금은 약 삼백 명 정도로 줄어들었다고 한다. 문명인들에게 노출된 후 쾌락과 탐욕을 좇으며 서서히 죽어 갔던 것이다.

이번엔 문명인들이 당황하기 시작했다. 피그미족의 멸족을 우려하는 목소리가 높아지기 시작했다. 몇 나라에서 우간다 등지에 의사를 파견하기에 이르렀다. 현대 의술을 가진 많은 의사들이 열대림 속으로 들어갔다.

그런데 웃지 못할 일이 벌어졌다. 전염병에 걸려 죽어 가면서도 피그미족은 치료받기를 거부한 것이다. 대신 손을 내밀며 의사에게 돈과 담배와 술을 달라고 했다 한다. 그들 안에 살아 숨 쉬던 자연과 청아한 마음은 어디로 간 것일까.

 잠깐만!

자연의 일부분으로 살아가던 피그미족들이 문명에 노출되면서 멸족 위기를 맞게 되었습니다.

지금 우리 주변에도 육체의 쾌락에 빠져 허우적거리는 사람, 물질 소유에 온통 정신을 빼앗긴 채 살아가는 사람들이 많습니다. 정신적 즐거움을 즐길 능력이 없는 사람들은 육체적 유혹에 빠져들 수밖에 없습니다. 육체적 쾌락은 점점 더 강한 자극을 원하는 속성이 있죠. 사치와 낭비, 쾌락과 불의가 판치는 나라는 결국 종말을 향해 치닫게 됩니다.

개인도 국가도 마찬가지입니다. 역사가 이를 증명해 줍니다.

아득한 옛날에는, 우리들도 피그미족과 다름없는 생활을 했을 것입니다. 자연에서 태어나 자연을 친구 삼아 살다가 자연 속에 묻혔을 테지요.

피그미족이 문명이라는 이름의 쾌락에 빠져들면서 위기에 처한 현실은, 자연이 우리에게 주는 경고라는 걸 잊어서는 안 되겠습니다.

이런 상상을 해 봅시다. 지구상에서 인류가 전부 사라졌습니다. 그리고 이 책을 읽는 독자 여러분 혼자만이 살아남았습니다. 여러분은 이 지구에 살게 될 새로운 생명체에게 다음과 같은 메시지를 남기려 합니다.

1. 인류가 멸망한 이유와 그에 대한 설명
2. 지구의 주인이 될 새로운 생명체에게 부탁하고 싶은 말

위의 두 가지 메시지를 주제로 다른 생명체에게 전하는 글을 작성해 보세요.

_____

_____

_____

_____

_____

_____

_____

_____

_____

# 청어와 메기

청어는 등 푸른 생선으로 건강식품이다. 서양 사람들은 유별나게 청어를 좋아하는데, 특히 북해에서 잡은 싱싱한 청어를 좋아한다. 그러나 청어를 운반하려면 냉동을 시켜야 하는데, 그 과정에서 청어의 맛과 품질이 매우 떨어지는 문제가 있었다.

영국인들은 청어를 산 채로 북해에서 런던까지 운반하는 방법을 연구하기 시작했다. 그러던 어느 날, 드디어 한 어부가 방법을 생각해 냈다. 이 방법으로 어부는 떼돈을 벌었다고 한다. 어부가 생각한 운반 방법은 의외로 간단했다.

청어를 운반하는 수조 속에다 청어의 천적, 메기를 한 마리 넣는 것이었다. 메기는 수조에 들어가서 청어를 마구 공격하며 잡아먹는다. 하지만 메기 한 마리가 청어를 잡아먹어 봐야 얼

**위기와 시련의 소중함을 나타낸 명언들**

No pain, no gain. – 고통 없이는 얻는 것도 없다.
No cross, no crown. – 십자가가 없이는 면류관도 없다.
No sweat, no sweet. – 땀 없이 달콤함을 얻을 수 없다.
위 격언들은 모두 위기와 시련 끝에 우리네 삶이 더욱 단단해진다는 것을 표현하고 있습니다.
여러분도 한번 문장을 만들어 보세요. '움츠리지 않고는 멀리 뛸 수 없다.'처럼요.

마나 먹겠는가. 오히려 잡아먹히지 않은 나머지 청어들은 메기의 공격을 피하려고 부지런히 도망 다니면서 팔팔하게 살아 영국까지 가게 되는 것이다.

 잠깐만!

아프리카에는 얕으면서도 물살이 아주 센 강이 많다고 합니다. 그런 강을 건널 때 사람들은 묵직한 돌을 하나씩 짊어진답니다. 그냥 맨몸으로 강에 들어가면 빠른 물살에 휩쓸려 떠내려가기 때문이죠. 우리 생활도 마찬가지입니다. 너무 편하면 안일함 속에 빠지게 되고 그렇게 되면 세속의 거센 물살에 휩쓸리게 됩니다.

양을 치는 사람들은 대개 염소를 함께 키운다고 합니다. 염소는 양을 못살게 굴지만 그 덕에 양들은 이리저리 도망을 다니면서 운동을 하게 되어 좋은 털과 젖이 생산되거든요. 이처럼 적당한 자극과 위기의식은 우리 삶의 활력소가 됩니다.

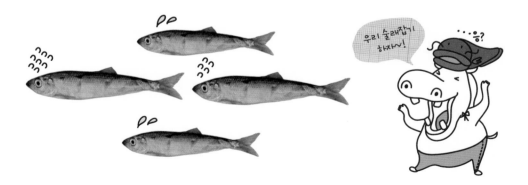

우리 삶에는 때때로 역설이 작용합니다. 메기가 청어를 공격하면 청어들은 오히려 더 오랫동안 팔팔하게 사는 것이나, 염소가 양을 공격하지만 오히려 그 덕분에 양들은 더욱 건강해지는 것처럼 말이죠.

잠시 눈을 감고 잘 생각해 보세요. 여러분에게도 메기와 염소처럼 여러분을 불편하게 하는 것들이 있을 것입니다. 여러분이 가지고 있는 남모르는 고민, 불만스러운 환경, 마음속에 감춰진 열등감 등이 어쩌면 여러분에게 메기와 염소일 수도 있겠죠.

그런데 그 불편한 것들이 여러분의 생활에 활력을 더해 주고 있지는 않나요? 그것들이 더 열심히 노력하게 만드는 삶의 원동력은 아닌가요?

깊이 생각해 보면 그런 것들이 한두 가지는 있을 것입니다. 차분한 마음으로 여러분의 생활을 잘 살펴보고 내 마음 수조 속의 메기를 찾아봅시다. '나에게는 이러이러한 불만과 고민이 있다. 그런데 가만히 생각해 보면 그것이 이러저러한 이유 때문에 나를 더 노력하게 만들고 더 참을성 있게 만든다.'라는 내용이면 되겠죠?

_____

_____

_____

_____

_____

# 코끼리 길들이기

태국 사람들은 야생 코끼리를 생포하면 곧바로 길들이기부터 시작한다. 길들이지 않은 코끼리는 워낙 힘이 세서 다루기가 쉽지 않기 때문이다. 태국 사람들이 코끼리를 길들이는 방법에는 재미있는 구석이 있다.

먼저 코끼리의 발목에 쇠사슬을 달아 벵골 보리수라는 큰 나무에 묶어 놓는다. 그러면 코끼리는 안간힘을 다해 달아나려고 발버둥을 친다. 웬만한 나무라면 뿌리가 뽑힐 정도로 코끼리의 힘이 세지만 벵골 보리수는 절대 뽑히지 않는다.

몇 주일간 몸부림치던 코끼리는 서서히 포기하기 시작한다. 쇠사슬의 길이가 허락하는 반경 내에서만 어슬렁거리며 걸어 다닌다. 다리에 묶인 쇠사슬이 조금만 팽팽하게 느껴져도 얼른 나무 곁으로 돌아와 버린다.

그렇게 길들여지면 이제부터는 큰 나무에 코끼리를 묶어 놓지 않아도 된다. 작은 말뚝에 묶어 놓아도 코끼리는 절대 쇠사슬을 끊고 도망가려 하지 않는다.

　작은 말뚝에도 익숙해지면 이제 사람이 편하게 끌고 다니면 된다. 코끼리가 멀어지려 할 때 쇠사슬을 약간만 당겨 주면 제풀에 놀란 코끼리가 알아서 따라오기 때문이다.

　익숙함이라는 함정, 이것이 바로 코끼리를 길들이는 비법이다.

 **잠깐만!**

엄청나게 큰 코끼리를 이렇게 쉽게 길들일 수 있는 이유는 '안 된다'는 절망감을 마음속에 심어 주었기 때문입니다. '어차피 안 될 거야……'라는 마음이 도망가고자 하는 의욕을 앗아 간 것이죠.

독수리는 날짐승 중의 제왕입니다. 그런데 갓 태어난 독수리 새끼를 병아리들 틈에 섞어 놓으면 그 독수리는 다 커서도 하늘을 날 생각을 하지 않는답니다. 병아리처럼 자신도 날지 못한다는 생각에 길들여져서 자신이 독수리라는 정체성을 잃어 버린 것입니다.

우리도 마찬가지입니다. 편안하고 안락한 삶, 좌절하고 포기한 삶에 익숙해지면 멋진 날개가 있음에도 창공을 나는 꿈을 꿀 수 없습니다.

**생각이 껑충!**

- - - - - - - - - - - - - - - - - - - -
**자신감을 주는 나만의 희망 카드를 찾아서**
할리우드의 배우 짐 캐리는 돈도 없고 배역도 오지 않는 무명 시절, 하얀 종이에 자신 앞으로 천만 달러짜리 수표를 썼습니다. 그리고 종이를 지갑 속에 넣고 다니며 수시로 들여다보았죠. 그리고 훗날 천만 달러의 출연료를 받는 자신의 모습을 꿈꾸었습니다. 그리고 짐 캐리는 마침내 1995년 실제로 천만 달러를 받는 배우가 되었답니다.
짐 캐리가 '난 배우로 성공할 수 없어.'라고 생각했다면, 천만 달러라는 출연료는 물론이고 수많은 사람들에게 웃음과 감동을 주는 연기를 펼칠 수 없었겠죠?
여러분도 스스로에게 힘을 주는 희망 카드를 만들어 보세요. 그걸 보면서 항상 자신감을 잃지 않도록 합시다!

여러분이 코끼리 입장이 되어, 처음엔 쇠사슬에서 풀려고 발버둥 치다가 서서히
길들여지는 과정을 일기처럼 써 보세요.

_____

_____

_____

_____

_____

_____

_____

_____

_____

_____

_____

_____

_____

# 탐욕의 종말

　강원도 시골 마을에 아들 삼 형제를 둔 부부가 있었다. 너무 가난하여 입에 풀칠하기도 어려웠던 시절이었다. 자식들을 먹이고 입히기조차 어려운 터에 학교를 보낸다는 것은 생각지도 못할 일이었다.

　그런데 그 마을에 사업차 와 있던 일본 사람이 있었다. 그는 자식이 없었던 터라 아이들만 보면 좋아 어쩔 줄을 몰랐다. 가난한 부부는 그에게 갓 태어난 막내를 양자로 보냈다. 일본인은 양아들을 얻은 기쁨에 사업도 그만두고 바로 일본으로 돌아갔다.

　세월이 흘러, 일본인은 막대한 재산을 양아들에게 남겨 놓고 세상을 떠났다.

　청년으로 성장한 양아들은 자기가 한국인이라는 사실을 알고 있었기 때문에, 양부모가 죽자 모든 유산을 정리하고 즉시 한국으로 돌아왔다. 고향에 도착한 그는 수소문 끝에 친부모가 살고 있는 낡은 집에 도착했다. 이미 날은 저물어 있었다.

　청년은 자기가 그 집의 아들인 것을 차마 말하지 못했다. 대신 하룻

밤 신세를 지겠노라고 말하며 먹먹한 마음을 감추었다. 청년은 눈물을 삼키며 친부모님의 얼굴을 살폈다. 자기 정체를 밝히면, 핏덩이를 양자로 보낸 부모님이 몹시 미안해하지는 않을까 매우 걱정이 되었다. 그래서 지난날 이야기는 내일로 미루기로 하고 일찍 잠을 청했다.

한편, 청년의 친부모는 이상한 생각이 들었다. 이런 시골 마을에 저렇게 말쑥한 젊은이가 와서 하룻밤 신세를 지겠다고 한 것이 의아했던 것이다. 부부는 잠을 자다 말고 일어나 청년의 가방을 몰래 열어 보았다. 가방 안에는 엄청난 액수의 돈이 가득 차 있었다. 부부

133

는 평생 그렇게 많은 돈은 구경조차 하지 못했다.

부부는 한참 동안 아무 말 없이 앉아 있었다. 그리고 이내 흑심이 두 사람의 마음을 몽땅 먹어 버렸다.

부부는 합심하여 청년에게 이불을 덮어씌워 죽여 버리고 말았다. 그러고는 청년의 가방을 가지고 안방으로 돌아와 함께 돈을 세며 새벽을 맞았다.

잠시 후, 아침 일찍 이웃집 영감이 찾아왔다. 그 영감은 청년이 이 집 아들임을 먼저 알고 청년에게 부모의 집을 알려 준 사람이었다.

"어디, 20년 만에 아들을 만난 소감이 어떠신가?"

뜬금없이 웬 아들? 부부는 영감에게 자초지종을 듣고, 깜짝 놀라 이불로 덮어 둔 시체의 엉덩이를 살펴보았다. 20여 년 전 일본 사람에게 양자로 보냈던 막내아들은 엉덩이에 커다란 점 두 개가 있었기 때문이었다.

"이… 이럴 수가……."

시체의 엉덩이에는 정말로 점 두 개가 뚜렷하게 남아 있었다. 부부는 시체를 붙잡고 통곡하기 시작했다. 어리석은 탐욕이 부른 비극이었다.

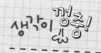

**고향 앞으로**

이야기 속 청년은 자신을 입양 보낸 부모를 찾아 한국으로 돌아왔습니다. 여러분이라면 어떻게 했을까요?

'날 버린 부모 다신 찾지 않겠어. 그냥 유산 받고 일본에서 계속 살 테다.'

'그래도 날 낳아 준 부모인데, 한번 찾아보기는 해야 하지 않을까?'

둘 중 하나를 선택하고 그 이유를 자세히 말해 보세요.

 **잠깐만!**

병옥 씨 부부는 유모차에 아기를 태우고 외출을 나갔다가, 한 가게의 물건을 구경하려고 멈춰 섰습니다. 병옥 씨는 금방 나올 생각이었기 때문에 유모차는 그냥 가게 앞에 세워 놓았죠. 마침 가게 앞에는 다른 유모차가 한 대 더 서 있었습니다. 아주 비싸고 좋은 것이었습니다.

잠시 후 비싼 유모차의 주인인 아주머니가 나타났습니다. 그런데 착각을 했는지 병옥 씨 부부의 유모차를 밀고 가 버리는 것 아니겠습니까? 가게 안에서 이 광경을 본 병옥 씨 남편은 깜짝 놀라 뛰어나와 큰 소리로 외쳤습니다.

"저기 아주머니! 유모차가 바뀌었어요!"

그때, 남편의 옆구리를 꼬집으며 병옥 씨가 속삭였습니다.

"여보, 조용히 하세요. 이 유모차가 훨씬 비싼 거란 말이에요."

이 이야기는 탐욕이 사람의 이성을 마비시킬 수도 있다는 것을 보여 주는 유머랍니다.

 **생각이 껑충!**

**욕심쟁이 병옥 씨 에피소드**

비싼 유모차 때문에 아기를 잃어버리는 것도 모르다니, 병옥 씨는 참 철없는 엄마네요. 병옥 씨는 이 욕심 때문에 하루도 바람 잘 날이 없을 것 같은데요. 여러분이 한번 상상해 보는 건 어떨까요?

예를 들면, 돈 아끼려고 마트 시식 코너에서 마구 집어먹다가 심하게 체해 응급실에 실려 갔는데, 시식하면서 먹은 음식 값보다 치료비가 더 나오는 에피소드 같은 것이죠.

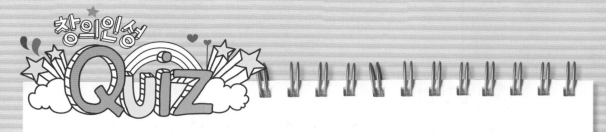

1. '탐욕의 종말'과 '잠깐만!'에 나온 두 이야기의 공통된 주제를 하나의 문장으로 써 보세요.

2. 위의 '탐욕의 종말'의 후반부 내용을 아래와 같이 바꾸어 보세요.

부부는 청년을 죽이지 않았고 잘 재워 주었다. 다음 날, 날이 밝자 청년은 자신이 부부의 막내아들임을 밝히고 부모와 감격적인 상봉을 한다.

_____

_____

_____

_____

_____

_____

_____

_____

_____

# CHAPTER 3

# 창의성은 어떻게 기를 수 있을까?

# 창의성은 어떻게 기를 수 있을까?

창의적인 성향은 선천적으로 타고나는 것일까요? 아니면 후천적으로 길러지는 것일까요? 여기에 대해 많은 주장들이 있습니다만, 대부분 학자들의 주장을 종합해 보면 창의성은 '선천적 요인'에다가 '후천적인 영향'이 더해진 결과라고 할 수 있습니다.

그래서 수많은 교육학자와 교사들이 창의성을 기를 수 있는 방안을 연구해 왔는데, 그 결과를 정리하면 다음과 같습니다.

1. 창의적으로 생각하고 행동하는 학생들은 늘 질문하고 도전합니다. '왜, 어떻게, 만약에'라는 생각을 가지고 늘 질문하기를 좋

아하죠. 그러므로 창의적인 사람이 많아지기 위해서는 학생들이 질문을 자유로이 할 수 있는 환경이 만들어져야 합니다. 질문 자체에 '좋은 질문, 나쁜 질문'을 구별하지 않고 항상 성심성의껏 대답해 주거나 함께 해답을 찾아보는 것입니다.

2. 창의적인 학생들은 겉으로 무관해 보이는 두 가지 이상의 사물이나 현상을 서로 연결하고 관련성을 즐겨 찾습니다. 그리고 마음의 눈으로 보고 상상하며 미래를 미리 내다보는 안목이 있습니다. 그러므로 창의적인 사람이 되기 위해서는 사물과 현상 사이의 연관성을 찾는 훈련과 연습이 필요합니다.

3. 창의적인 사람은 아이디어와 행동, 어떤 결과에 대해 비판적으로 사고하며 심사숙고합니다. 그러므로 교육 현장에서는 학생들이 건설적인 비판을 통해 보다 깊은 사고를 할 수 있도록 하고, 학생들의 사고력을 자극해야 합니다.

또한 학자들은 창의적 사고를 구성하는 요소를 연구하였는데, 이는 다섯 가지로 정리됩니다. '민감성, 유창성, 융통성, 독창성, 정교성'이죠. 이 다섯 가지 요소들을 살펴보는 것은 '어떻게 창의성을 함양할 수 있을까?'라는 물음에 좋은 답이 될 수 있을 것입니다.

## 1. 민감성

다른 사람은 잘 모르고 지나가는 일도 혼자서 예민하게 느끼고 문제를 파악해 그 해결책을 생각해 내는 사람이 있죠? 이런 사람들은 민감성이 월등하다고 볼 수 있습니다. 그냥 지나치기 쉬운 일상적인 상황을 유심히 관찰하여 문제점을 발견해 내고 작은 변화에도 민감하게 반응하죠.

민감성을 키우기 위해서는 세심한 관찰력과 주의력, 남다른 호기심 등을 가질 필요가 있습니다. '사공이 많으면 배가 산으로 간다.'라는 말은 대다수 사람들이 알고 있는 속담입니다. 그런데 가만히 생각해 보면 이 속담에는 부정적 사고가 깃들어 있습니다. 함께 일하는 사람이 많으면 일을 이루기가 어렵다는 뜻이니까요. 오히려 사람이 많으니까 그만큼 지혜도 더 많이 모이고, 서로서로 힘을 모으면 도저히 이루지 못할 것 같은 일도 해낼 수 있을 것입니다. 이처럼 다른 사람들은 다 그냥 넘어가는 것도 절대 허투루 넘기지 않고 포착해 낼 줄 알아야 새로운 사고가 발현될 수 있습니다.

여기서 또 하나 놓치면 안 되는 것은 고정관념이나 통념에 얽매이지 않을 때 민감성을 키울 수 있다는 점입니다. '왜 바닷물

생각이 껑충!

**고정관념 타파하기!**
너무나 당연하게 생각되는 것들에 이제부터 물음표를 달아 봅시다. '남자는 당연히 눈물이 많으면 안 된다.', '여자는 당연히 요리를 잘해야 한다.'처럼 '당연히'가 붙는 일들을 알아보고 정말 당연한지 생각해 보세요.

이 파란색일까?' 사실 이 단순한 질문에 정확한 대답을 할 수 있는 사람은 그리 많지 않습니다. 그런데 우리는 그 이유도 모르면서 아무 의문 없이 그냥 살아갑니다. 동양인 최초로 노벨물리학상을 받은 인도의 찬드라세카라 라만은 지중해를 여행하던 중 한 어린이가 자기 엄마에게 왜 바닷물이 파란색이냐고 묻는 것을 듣고 연구에 착수하여 '라만 효과'라는 것을 연구해 내었습니다.

당연한 것에 대해, 모르는 것에 대해 민감하게 반응하고 파고들 때 우리는 창의성을 기를 수 있습니다.


2. 유창성

'준비, 시작!' 여러분은 제한된 시간 내에 얼마나 많은 양의 아이디어를 생각해 낼 수 있나요? 유창성은 모두에게 똑같은 시간이 주어졌을 때, 같은 문제 상황에 대해 얼마나 더 많은 아이디어와 해결책을 만들어 내느냐의 문제입니다. 이 유창성은 질적으로 우수한 해결책보다는 우선 양적인 부분에 초점을 맞추고 있죠. 상황에 대한 반응이 많으면 많을수록 독창적인 아이디어가 나올 가능성이 많기 때문입니다.

생각이 껑충!

**스님에게 빗 팔기**
여러분도 한번 해 보세요. '절에 가서 스님들에게 빗을 팔 수 있는 방법은 무엇인가?'라는 질문에 가능한 한 많은 아이디어를 내 보는 것입니다. 제한 시간은 3분! 친구들과 함께 도전하여 누가 제일 많은 아이디어를 냈는지 비교해 봅시다.

## 3. 융통성

국어사전에서는 융통성을 '그때그때의 사정과 형편을 보아 일을 처리하는 재주, 또는 일의 형편에 따라 적절하게 처리하는 재주'로 풀이하고 있습니다.

즉, 어떤 문제를 해결하려고 할 때, 한 가지 방법에 집착하지 않고 상황에 따라 더 다양한 방법을 생각해 내는 능력이죠. 여러 관점으로 상황에 접근해 보고, 한 가지 방법으로 해결할 수 없을 때 계속 다른 아이디어를 내어 놓는 것입니다. 한마디로 '아이디어 샘'을 가졌다고 할 수 있겠죠.

이런 재미있는 이야기가 있습니다. 지승이는 여자들에게 인기가 없는 것이 한탄스러워, 연애 박사인 친구 민기에게 어떻게 하면 예쁜 여자와 데이트를 할 수 있냐고 물었습니다. 그러자 민기는 이렇게 대답했죠.

"간단하지. 내가 하는 걸 잘 봐."

민기는 지나가는 여자에게 다가가서 말을 걸었습니다.

"저기요, 잠시만요. 1에서 9까지의 숫자 중 좋아하는 숫자 하나만 말해 보시겠어요?"

여자는 잠시 당황하다가 민기가 재차 물어 보자 '7'이라고 대답했습니다. 이에 민기가 밝은 얼굴로 말했습니다.

"브라보! 당신은 오늘 저와 우아한 저녁 식사를 함께하는 행운에 당첨되셨습니다. 오늘 저녁 7시에 저기 보이는 레스토랑에서 만나죠."

여자는 황당해하면서도 내심 기분이 좋은지 웃어 보였습니다. 지승이는 민기를 보고 배운 대로 실습에 들어갔습니다. 잠시 후, 예쁜 여자가 지나가자 지승이가 슬며시 다가갔죠.

"저기요, 1에서 9까지의 숫자 중 좋아하는 걸 하나만 말해 보실래요."

143

여자는 의아해하며 대답했습니다.

"…5인데요."

그러자 지승이는 매우 안타깝다는 표정을 지으며 이렇게 말했습니다.

"어이쿠, 참 안됐군요. 7이라고 했으면 저와 함께 저녁 식사를 할 수 있었을 텐데……."

지승이에게 융통성이 있었다면, 예쁜 여자 친구를 만드는 건 시간 문제였을 것 같지 않나요? 이 이야기는 유머일 뿐이지만 융통성의 중요성을 잘 말해 주고 있습니다. 융통성은 실생활에서도 매우 중요한 것임을 잊어선 안 된답니다.


4. 독창성

독창성이란 대개의 사람들이 일정하게 생각하는 데서 벗어나 새롭고 독특한 아이디어나 해결책을 제시하는 능력을 말합니다. 유창성이 양을 중시한다면 독창성은 양보다는 질적인 측면을 중요시하죠.

예를 들어 봅시다. 중국에는 온갖 '짝퉁' 상품이 넘쳐난다는 보도가 많습니다. 과학과 기술이 발전하면서 가짜 상품을 만드는 기술도 발전한 것이죠. 밭에 뿌리는 비료와 농약도 가짜가 많고 심지어 아기들에게 먹이는 분유도 가짜가 판을 친다고 합니다. 이런 보도를 접한 한 학생이 다음과 같은 이야기를 만들어 냈습니다.

중국에 젊은 부부가 살고 있었다. 아내가 만삭이라 올해 농사는 잘 지어 보자는 생각에, 좋다고 소문난 비료를 사서 밭에 뿌렸다. 그런데 이게 어찌 된 일인가. 농작물들이 다 말라 죽어 버렸다. 가짜 비료였던 것이다. 가을걷이할 것도 없는 상황에서 아기가 태어났다. 산모가 잘 먹지 못하니 젖도 나오지 않았다. 보다 못한 남편이 가게에서 분유를 훔쳐 왔다. 그런데 아기가 덜컥 병이 났다. 알고 보니 분유가 가짜였다. 하늘이 무너지는 것 같았다. 이놈의 세상, 살아서 뭐하나 싶어 부부는 농약을 마셨다. 그런데 눈을 떠 보니 저 세상이 아니었다. 아뿔싸! 농약도 짝퉁이었던 것이다.

이 이야기는 중국 사회에 짝퉁이 넘쳐나고 있다는 단순한 사실을 바탕으로 그것이 파생할 문제까지 은연중에 제시하고 있습니다. 이야기를 엮어 가는 능력이 범상치 않죠?

5. 정교성
정교성이란 어떤 생각을 발전시켜 더 좋은 아이디어가 될 수 있도록 구체화하는 능력입니다. 기존의 지식이나 생각에 무엇인가를 추가하고 확장시키는 능력이죠. 처음 떠오른 생각을 더 쓸모 있게 만들고 보완하는 것입니다.

스마트폰은 휴대폰을 이동 중에도 정보를 교환하는 멀티미디어 통신기기로 진화시킨 것입니다. 아주 독창적인 물건이죠. 그러면 이어서 그 스마트폰에 멀티미디어를 어떻게 접목시켜 소비자들이 손쉽게 활용할 수 있도록 할 것인지를 구상해야 합니다. 정말 구체적인 사고가 필요한 작업인데요. 이때 요구되는 것이 바로 정교성입니다.

이상에서 살펴본 창의적 사고의 다섯 가지 요소를 참고하면 창의성을 기르는 법에 대해 더 다양한 아이디어를 얻을 수 있을 것입니다. 창의적인 사람이 되기 위해 실천할 수 있는 구체적인 방법으로 학자들은 다음과 같은 제안을 했습니다. 여러분도 한번 실천해 보세요.

1. 매일 무언가에 놀라움을 느껴 보자!
매일 대하는 낯익은 사물도 주의 깊게 바라보세요. 그 사물의 본질은 무엇인가요? 그 사건 속에 감춰진 진실은 무엇이죠? 항상 끊임없이 자신에게 되묻는 습관을 가져 봅시다.

2. 매일 적어도 한 사람을 놀라게 해 보자!

친구들에게 기상천외한 이야기를 들려주거나 평소에 묻지 않았던 질문들을 해 보세요. 아니면 여러분의 외모를 파격적으로 바꾸어 보는 것도 좋습니다. 여러분 안에 숨어 있는 새로운 모습들을 다른 사람들에게 보여 주세요.

3. 매일 자신이 느끼고 경험했던 것을 메모하자!

'적자생존(適者生存)'이라는 말을 알고 있나요? 환경에 적응하는 생물만이 살아남고, 그렇지 못한 것은 도태되어 사라지는 현상을 말합니다. 그런데 이게 다른 뜻으로도 쓰인답니다. 종이에 '적자', 그리하면 '생존'하게 된다는 것이죠. 어딘가에 무엇을 적어 둔다는 것은 매우 중요한 의미를 지닙니다. 세계가 존경하는 창의적 인물인 레오나르도 다빈치는 무려 7천 페이지에 달하는 메모를 남겼습니다. 이처럼 창의적인 사람들은 대부분 자신의 경험을 보다 정교화하기 위해 기록해 놓는 습관이 있습니다. 일기도 좋고 메모도 좋습니다. 열심히 기록하는 습

**잠시만 시계를 꺼 두셔도 좋습니다**
몰입하는 연습은 자주 해 볼수록 좋답니다. 한번 '시계 없는 시간'을 만들어 보세요. 일단 시계란 시계는 모조리 치웁니다. 그리고 명상을 하든, 책을 읽든, 글을 쓰든 몰입해서 할 수 있는 활동을 합니다. 집중력이 풀릴 때까지 계속해 보세요. 그러다 몸이 뻐근해지고 잡생각이 들면 그때 시계를 꺼내 얼마나 시간이 흘렀는지 봅니다. 때로 그 시간은 5분이 될 수도 있고 또 어떨 때는 30분이 될 수도 있습니다. 이 시간이 조금씩 길어진다면, 여러분의 몰입도 쑥쑥 늘어날 거예요.

관을 가져 보세요. 뚜렷한 기억보다 희미한 기록이 낫다는 걸 알게 될 것입니다.

## 4. 일상생활 속에서 몰입을 연습하자!

창의적인 사람들은 자신이 하고 있는 일에 깊이 빠져드는 성향이 있습니다. 몰입하면 성과는 배가 되기 때문이죠. 그런데 어떤 한 가지 일에 몰입하는 것은 매우 어려운 일입니다. 따라서 연습이 필요합니다. 몰입을 하기 위해서는 우선 그 일을 즐겨야 합니다. 무슨 일을 하든 분명한 목표를 가지고, 결과를 긍정적으로 예측하며 즐거운 마음을 가지면 몰입이 훨씬 쉬워진답니다.

## 5. 성찰과 휴식의 시간을 가져라!

남보다 앞서 가려는 사람들이나 이미 남보다 앞서 있는 사람들은 대부분 일에 집착하는 경향이 있습니다. 끊임없이 무엇인가를 생각하고 그 일에 매달리죠. 그러나 지나치게 바쁜 생활은 도리어 창의성을 해치는 결과를 낳습니다. 가끔은 일에서 벗어나 자신을 되돌아보고 자기가 하고 있는 일의 의미를 되새겨 보는 등 여유로운 시간을 가져야 합니다. 조용한 곳에서 깊은 묵상에 잠기면 복잡했던 머릿속이 시원해질 거예요.

# 사랑이어라!

아빠와 엄마, 그리고 여덟 살짜리 아들과 여섯 살 된 딸이 있는 한 단란한 가정이 있었다.

불행은 예고 없이 찾아오는 법이라 했던가. 어느 겨울, 친척집을 다녀오던 가족은 교통사고를 당했다. 다른 사람은 무사했지만 아들이 크게 다쳐서 피를 많이 쏟고 그만 의식을 잃었다.

수술 시작 전, 수혈이 시급한 상황이었다. 그런데 하필이면 그 아들에게 피를 줄 수 있는 사람이 어린 딸아이뿐이었다. 외딴 병원이라 비축된 혈액도 부족했고, 아빠 엄마의 혈액은 검사 결과 수혈이 불가능했다. 다급해진 아빠가 딸에게 조심스럽게 물었다.

"아가, 오빠를 위해 피를 뽑아 줄 수 있겠니?"

까만 눈을 깜박이며 잠시 뭔가를 생각하던 딸은 이내 머리를 끄덕였다. 딸의 결정에 수술이 바로 시작되었다. 수술이 진행되는 몇 시간 동안 딸아이는 오빠가 무사하길 기도하며 가만히 눈을 감고 있었다. 그리고 마침내 여동생의 피를 받은 오빠는 무사히 수술을 끝

마쳤다.

"네 덕분에 오빠가 살게 되었어."

눈물을 글썽이며 아빠는 딸을 껴안았다. 딸도 아빠 품에 안겨 울음을 터뜨렸다. 한참 동안 울던 아이가 느닷없이 엉뚱한 질문을 했다.

"아빠, 그런데 나는 언제 죽나요?"

아빠가 깜짝 놀라 되물었다.

"죽다니? 네가 왜 죽어?"

"아빠, 그렇담 피를 뽑아 주어도 죽는 게 아닌가요?"

잠시 숙연한 침묵이 흘렀다. 아빠의 뺨을 타고 두 줄기 눈물이 흘러내렸다.

"절대 죽지 않는단다. 안심해라."

아빠의 목소리는 많이 떨리고 있었다.

"아가, 그럼 네가 죽을 줄 알면서도 오빠에게 피를 나눠 준 거니?"

딸도 아빠처럼 눈물에 젖은 목소리로 말했다.

"네. 왜냐하면 저는 오빠를 정말 정말 사랑하거든요."

**목숨보다 소중한**
딸아이의 오빠 사랑이 정말 감동적입니다. 자신이 죽더라도 오빠를 살리겠다는 생각으로 피를 나눠 준 여동생의 마음이 정말 예쁘죠? 여러분이 이 여동생이라면 어떻게 했을지 한번 생각해 보세요.

 잠깐만!

사람은 성공하기 위해 시간을 투자합니다. 사람은 출세하기 위해 노력을 투자합니다. 사람은 돈을 벌기 위해 자본을 투자합니다.

그러나 성공하기 위해 목숨을 투자하지는 않습니다. 출세하기 위해 목숨을 투자하지는 않습니다. 돈벌이를 위해 목숨을 투자하지는 않습니다.

사람이 목숨을 내걸 수 있는 일은 오직 단 하나밖에 없습니다. 그것은 오직 사랑, 사랑밖에 없습니다.

이야기에 나오는 '아빠, 아들, 딸' 중에 한 명이 되어 그날의 일기를 써 보세요. 누가 되었든 가족에 대한, 그리고 사랑에 대한 많은 이야기를 해 볼 수 있을 것입니다.

_____

_____

_____

_____

_____

_____

_____

_____

_____

_____

_____

이야기 25

# 보라색 옷을 입은 여인

빌은 책 읽기를 매우 좋아하는 사람이었다. 군인 신분에도 휴가를 나올 때마다 도서관에 처박혀 있었으니, 이만저만한 책벌레가 아니었다. 빌은 마음에 쏙 드는 구절을 발견하면 외워 두는 걸 좋아했다.

그런데 어느 날인가부터 빌이 감동을 받은 구절마다 다른 사람이 이미 밑줄을 그어 놓고 있었다.

'나와 똑같은 감동을 느낀 사람이라니, 도대체 누굴까?'

빌은 자신과 똑같은 부분에서 감동을 느낀 사람이 너무나 궁금해졌다. 그래서 밑줄이 그어진 책들을 모두 찾아 도서 카드를 살펴보았다. 도서 카드에는 한 여인의 이름이 공통적으로 적혀 있었다.

'릴리'

빌은 릴리라는 여인의 무척 만나 보고 싶었지만, 휴가가 얼마 남지 않아 그녀의 주소만 겨우 알아내고는 부대에 복귀했다.

빌이 부대에 복귀하자마자 2차 세계대전이 일어났다. 그는 유럽으로 전출 명령을 받고 전쟁에 투입되었다. 전쟁터에서의 하루하루

는 긴장감과 지루함의 반복이었다. 빌은 얼굴조차 모르는 릴리에게 용기를 내어 편지를 썼다. 도서관에서 같은 책을 읽고 감동받았던 일과 전장에서의 갈등과 두려움을 솔직하게 적어 보냈다.

얼마 후, 기다리던 답장이 왔다. 전쟁터의 병사에게 용기를 주는 아름다운 편지였다. 빌과 릴리는 여러 차례 편지를 주고받으며 서로의 마음을 나누었다. 그리고 드디어 전쟁이 끝났다. 빌은 릴리를 만날 수 있다는 기대에 부풀었다.

그러나 막상 만나려니 서로 얼굴을 몰랐다. 그래서 며칠 몇 시에 어느 지하철역 몇 번째 출구에서 만나자는 식으로 약속을 했다. 또

바로 알아볼 수 있게끔, 빌은 군복을 입고 릴리는 보라색 옷을 입기로 했다.

시간이 되기도 전에 약속 장소에 나간 빌은 몹시 설레었다. 과연 어떤 여인일까?

잠시 후, 날씬하고 예쁜 아가씨가 긴 머리를 흩날리며 지나갔다. 하지만 보라색 옷을 입지 않았다. 빌은 약간 실망했다. 저런 미인이 보라색 옷을 입고 나타난다면 그녀에게 당장 청혼할지도 모르겠다는 생각이 들었다.

바로 그때 정말 보라색 옷을 입은 여인이 나타났다. 뚱뚱하고 나이 들어 보이는 여자였다. 순간 빌은 저도 모르게 피해야겠다는 생각이 들었다. 하지만 곧 '아니야, 그동안 전쟁터에 있던 나에게 많은 용기를 심어 주었던 사람인데 외모만 보고 실망해서야……'라고 생각하며 마음을 바꿨다.

빌은 그 여인에게 다가가 인사를 건넸다. 그러자 그녀는 환하게 웃으며 말했다.

"조금 전에 지나간 아가씨를 기다리는 청년이구먼. 그 아가씨가 나한테 부탁했어. 만일 젊은이가 나에게 말을 걸면 출구 앞 찻집에서 기다린다고 전해 달라고 하더군."

빌은 그 찻집을 향해 뛰었다. 빌의 진심을 시험해 본 짓궂은 릴리를 만나기 위해.

 잠깐만!

보라색 옷을 입고 나온 뚱뚱한 여자는 사실 릴리의 어머니가 아니었을까, 그런 생각이 드는군요. 빌의 마음을 떠보기 위해서 모녀가 꾸민 일이었을지 모를 일이죠.

이 이야기에서, 만약 빌이 보라색 옷을 입은 뚱뚱한 여자에게 말을 걸지 않고 피했다고 가정해 봅시다. 그랬다면 멀찌감치 떨어진 곳에서 그 광경을 지켜본 릴리는 매우 실망했을 것입니다. 후에 진실을 알게 된 빌은 자신의 잘못을 깨닫고 자책감에 빠져 들었을 것이고요. 사람을 외모로 판단하는 잘못된 생각을 가진 자신을 되돌아보며 처절한 반성했을 것입니다.

생각이 껑충!

**외모 vs 성격**

이성 친구를 사귈 때 외모는 어느 정도 중요한 영향을 미친다고 생각하나요? 물론 다들 외모보다 성격이 중요하다고 하죠. 그렇다면 외모는 조금도 중요하지 않나요? 여러분의 솔직한 대답이 궁금합니다.

여러분이 빌이라고 생각해 봅시다. 저 멀리서 릴리라고는 믿고 싶지 않은, 뚱뚱하고 나이 들어 보이는 여자가 보라색 옷을 입고 다가옵니다. 여러분은 어떤 선택을 할까요?

모른 척 피해 버릴 건가요? 아니면 다가가 '릴리'라고 외칠 건가요? 한번 선택을 해 보세요. 그리고 그 이후에 일어날 일을 상상해 적어 보세요.

_____

_____

_____

_____

_____

_____

_____

_____

_____

_____

# 담배이야기

담배의 원산지는 열대지방이다. 담배가 유럽에 알려진 것은 1492년 콜럼버스가 아메리카 대륙을 발견한 이후이다. 그 후 1558년, 포르투갈의 박물학자였던 고에스란 사람이 미국에서 담배 종자를 채취하여 포르투갈에서 재배했다. 이때 마침 프랑스 대사로서 리스본에 머무르고 있던 장 니코가 이 식물에 관심을 갖게 되었다. 니코는 자기 집 정원에 담배를 몇 그루 심어 길렀다.

그는 뺨에 종기가 난 젊은이를 만나 담뱃잎으로 치료해 주었다. 악성 종양을 담뱃잎으로 치료하는 데 성공하자 니코는 신비로움마저 느꼈다. 그뿐만이 아니었다. 대사관의 요리사가 큰 식칼로 엄지손가락을 깊이 베었을 때에도 담뱃잎으로 치료할 수 있었다. 얼굴에 심하게 버짐이 핀 여자도 담뱃잎을 짓이겨 발라 치료해 주었다. 담배의 신기한 약효를 믿었던 니코는 담배 씨앗을 본국 프랑스로 보냈다. 이렇듯 니코는 담배 보급에 부단히 노력했다. 그래서 훗날, 담배에 함유된 독특한 성분을 니코틴(Nicotine)이라고 부르게 되었다.

인류의 건강을 위협하고 있는 담배, 수천 종의 유해 물질이 들어 있다는 담배가 처음에는 치료제로 전파되었다는 사실이 매우 흥미롭다. 유혹은 언제나 달콤하고 그럴듯한 구실로 우리에게 접근하는 법이다.

**브라질 어느 마을의 비극**

방사능은 사람 몸에 조금만 노출되어도 목숨을 위협하는 물질입니다. 그러나 의료 기계에 방사능 물질을 이용하여 환자를 진찰하거나 치료하는 데 쓰기도 하죠. 잘 쓰면 유용하지만, 잘못하면 위험한 물질입니다. 1987년 브라질의 어떤 마을 사람들은 이를 몰랐습니다. 낡은 의료 기계 안에서 푸른 구슬 같은 방사능 물질을 보고 신기해하며, 만지고 먹고 가루를 내어 발랐죠. 이 일로 수많은 사람이 목숨을 잃었습니다. 푸른빛에 혹해 목숨을 잃은 비극이었습니다.

 잠깐만!

담배가 처음 전파될 때는 치료제의 가면을 쓰고 전파되었다고 하지만 사실은 담배가 그 가면을 쓴 것이 아니라, 사람들이 담배의 역기능과 순기능을 신중하게 살펴보지 못했던 것입니다.

미국 필립 모리스 사의 유명한 담배, 말보로 이야기를 볼까요? 이 말보로를 광고한 모델 웨인 맥러렌은 실제로 하루에 담배 두 갑을 피우는 골초였습니다. 그는 결국 폐암으로 세상을 떠났죠. 담배 광고 모델이 담배 때문에 목숨을 잃은 것입니다.

맥러렌은 죽기 전 열심히 금연 운동을 주도했다고 합니다.

"담배는 생명을 갉아먹습니다. 제가 바로 그 증인입니다."

그는 담배의 해독성을 증명하기 위해 살다간 사람처럼 보일 정도였죠. 하지만 그의 죽음을 보면서도 여전히 사람들은 담배의 유혹에 빠져들고 있습니다.

우리나라도 중고등 학생들의 흡연이 문제가 되고 있으며, 이젠 초등학생 흡연자도 늘어가고 있다고 합니다. 며칠 전에는 초등학교 정문에 걸린 금연 홍보 현수막을 보았습니다. 참 안타까운 일입니다.

 생각이 쑥쑥!

**흡연자의 권리?**

요즘은 공공장소에서의 금연이 법으로 정해져 있습니다. 그 덕에 비흡연자들은 간접 흡연의 피해에서 벗어나게 되었죠. 하지만 흡연자들은 흡연자들도 자유롭게 담배를 필 권리가 있다며 반발합니다. 흡연자들의 이런 주장에 대해 어떻게 생각하나요?

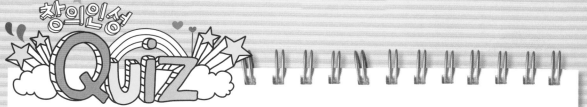

청소년들이 담배에 손을 대는 이유는 무엇일까요? 백해무익(百害無益)하다는 담배를 처음 접하게 되는 까닭은 호기심 말고 또 무엇이 있을까요? 여러분이 초청 강사가 되어 학생들 앞에서 금연 강연을 한다고 생각하고 그 강연 내용을 글로 작성해 봅시다.

_____

_____

_____

_____

_____

_____

_____

_____

_____

_____

_____

# 준비하는 생활

평소 건강했던 남편이 갑자기 쓰러졌다. 얼굴이 백지장처럼 하얗고 혀도 굳어져 말도 제대로 하지 못했다. 아내는 얼른 의사를 불렀다. 곧 왕진 가방을 든 의사가 도착했다.

"아주머니, 부엌칼을 가져다주세요."

의사가 외쳤다. 초조하던 차에 아내는 더욱 근심이 되었다. 갑자기 부엌칼이라니……

"아주머니, 망치와 송곳도 빨리 좀 가져오세요."

도대체 무슨 병이기에 망치와 송곳까지 필요할까 싶어 아내는 발을 동동 굴렀다. 의사는 다시 다급하게 소리를 질렀다.

"아주머니, 쇠톱 있으면 빨리 좀 가져오세요!"

**진흙탕 연습이 불러온 승리**

한 프로 미식축구 경기에서 있었던 기적입니다. 경기가 열리던 날, 비가 많이 내렸습니다. 경기는 예상과 다르게 흐르고 있었습니다. 열세로 평가받던 팀이 강력한 우승 후보인 상대팀을 크게 앞서며 승리한 것입니다. 경기가 끝난 후 사람들은 약팀이 이긴 건 운이라고 했습니다. 하지만 사실은 달랐습니다. 그 팀은 결승전 때 비가 온다는 예보를 듣고, 운동장에 물을 뿌려 진흙탕을 만들고 연습을 하였습니다. 비 오는 상황에서 경기할 때 주의해야 할 것들을 준비하기 위해서였죠. 이렇게 미리 '제대로' 준비한 덕에 그 팀은 이길 수 있었던 것입니다. 준비의 힘, 얼마나 강한지 이제 알겠죠?

아내는 얼른 쇠톱을 들고 방안으로 뛰어 들어갔다. 숨이 머리끝까지 차올랐다.

"의사 선생님! 무슨 수술인데 쇠톱까지 필요하세요?"

다급하게 묻는 아내의 말에 의사는 진땀을 흘리며 대답했다.

"아, 왕진 가방을 오랫동안 사용하지 않았더니 잘 안 열리네요. 녹이 많이 슬었나 봅니다."

우리 격언에 '물고기 보고 기뻐하지 말고 그물부터 장만하라.'라는 말이 있습니다. 매사에 미리미리 준비하라는 뜻이지요. 비슷한 의미를 가진 서양 격언에는 이런 것이 있습니다.

날씨가 좋을 때 돛을 고쳐야 한다(While it is fine weather, mend your sails).

요즘은 의사가 왕진을 가는 경우가 드뭅니다. 그러나 교통이 발달하지 못했던 과거에는 급한 환자가 생기면 의사가 왕진 가방을 챙겨 환자를 방문했던 일이 많았답니다. 이 이야기 속의 의사는 평소에 왕진 갈 준비를 잘해 두었어야 옳았겠죠.

조선시대 황희 정승은 해가 진 후 임금 앞에서 물러난 뒤에도 관복 (官服)을 벗지 않고 꼿꼿이 앉아 있었다고 합니다. 혹시 세종 임금이 갑자기 부르실지 모른다며 항시 준비하는 자세를 흐트리지 않았던 것입니다.

훌륭한 사람이란 훌륭한 준비를 한 사람입니다. 남달리 열심히 준비를 한 사람이 남달리 훌륭한 사람이 된다는 말입니다.

일상생활에서도 마찬가지입니다. 어떤 일을 하기에 앞서서 계획을 꼼꼼히 세우고 준비를 잘하면 그 일은 잘 이루어질 것입니다.

여러분의 생활 속에서, 계획과 준비를 잘해 어떤 일을 멋지게 마무리했던 경험을 써 보세요. 혹은 그런 긍정적 경험보다 준비를 잘하지 않아서 어려움을 겪었던 기억이 더 많이 떠오른다면 그것을 써도 좋습니다.

_____

_____

_____

_____

_____

_____

_____

_____

_____

# 당신이 판사라면

재판이 시작되었다. 사건 요지는 다음과 같다.

이남길 씨의 절도 사건. 과일 장사를 하며 어렵게 살아오던 이 씨의 아내가 이름 모를 병에 걸려 사경을 헤매고 있었다. 마침 그 병을 고칠 수 있는 치료약이 이웃 도시의 약사에 의해 개발되었다.

문제는 약값이었다. 이 약은 한 알에 이천만 원이나 하는 고가였다. 이 씨는 이웃과 친척의 도움으로 돈을 마련해 보았으나 약값의 절반인 천만 원밖에 구할 수 없었다.

그런데 그 치료약은 원가가 백만 원에 불과했고 약사는 엄청난 이익을 챙기고 있다는 소문이 나돌았다. 이 말을 들은 이 씨는 용기를 내어 약사를 찾아갔다. 그는 약사에게 매달렸다. 지금 아내가 위독하니 그 약을 천만 원에 팔든지 아니면 나머지 돈은 외상으로 해 달라고 간청했다.

그러나 약사는 끝내 거절했다. 이 씨는 결국 아내를 살리기 위해 약국 문을 부수고 들어가 약을 훔쳤다. 이 씨는 결국 재판장에 서게 되었다. 판사가 입장하고 개정이 선언되었다. 판사의 지시에 따라 검사가 먼저 기소 이유를 말했다.

"이남길 씨의 절박한 상황은 충분히 이해됩니다만, 그렇다고 남의 물건을 훔치는 것을 법정에서 용납할 수는 없습니다. 이건 명백한 절도죄입니다."

변호사의 변호가 이어졌다.

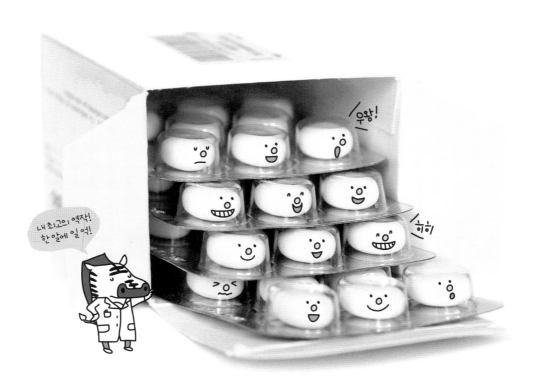

"피고는 자기가 할 수 있는 최대의 노력을 했습니다. 약값을 깎아 달라고 부탁도 했고, 약값의 절반을 외상으로 해 달라고 사정도 했습니다. 약사는 원가의 스무 배나 되는 약값을 요구했습니다. 이는 사람의 생명과 건강을 우선시해야 하는 의료인의 윤리를 망각한 행위입니다. 아내를 살리기 위해 약국에 침입할 수밖에 없었던 이남길 씨에게 죄가 있다고 하는 것은 법 정신에 어긋납니다."

판사는 이번에 약사의 진술을 들었다. 약사는 매우 차분한 어조로 말했다.

"약값이 다소 비싼 것은 저도 인정합니다. 하지만 저는 폭리를 취하려고 터무니없이 약값을 높게 책정한 것이 아닙니다. 저는 이 약을 개발하기 위해 지난 7년이란 세월을 투자했습니다. 막대한 연구비를 감당할 길이 없어 집까지 팔았고 지금은 전셋집에 살고 있습니다. 이남길 씨의 사정이 딱하듯이 저도 마찬가집니다. 지금 살고 있는 전셋집에서 전세금을 올려 달라고 합니다. 저는 그럴 능력이 없습니다. 그래서 이 겨울에 당장 노모와 함께 이사를 해야 하는데 마땅한 집이 없어 미칠 지경입니다."

판사는 다시 한 번 검사와 변호사의 말을 청취한 후 휴정을 선언했다.

 **잠깐만!**

검사와 변호사 그리고 약사의 말은 다 나름대로 논리와 타당성을 가지고 있습니다. 법은 사람을 위해 존재하죠. 그렇다고 사람을 살리기 위해선 법을 어겨도 된다고 주장하는 것도 모순입니다.

우리가 살아가는 이 세상은 매우 다양한 가치관들이 서로 충돌하며, 때때로 이해(利害)관계에 대해 명쾌한 판단을 내리기가 어려운 경우가 많습니다. 그때마다 최선의 선택을 하기 위해 노력해야 할 것입니다.

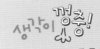 **생각이 껑충!**

**악법도 법이다?**
악법도 법이라는 말이 있습니다. 법이 정해진 이상, 그 법이 누군가에게 해를 끼친다 하여도 서로 약속한 것이니 지켜야 한다는 의미죠. 여러분은 이 말에 동의하나요?

여러분이 이 사건을 맡은 판사라면 어떤 판결을 내리겠습니까? 지혜와 창의성을
발휘하여 판결문을 적어 보세요.

_____

_____

_____

_____

_____

_____

_____

_____

_____

_____

_____

# (여러분이 제목을 붙여 보세요)

이야기 1. _ _ _ _ _ _ _ _ _ _ _ _ _ _ _ _ _ _ _ _ _ _ _

양쪽 귀에 화상을 입은 사람이 있었다. 그의 친구가 물었다.

"아니, 무슨 일이야? 어쩌다 양쪽 귀에 똑같은 화상을 입은 거야?"

화상을 입은 사람은 불만스러운 표정으로 말했다.

"갑자기 전화벨이 울리잖아. 그래서 전화를 받는다는 것이 그만 아내가 켜 둔 다리미를 귀에 갖다 대었지."

"그래? 아니, 근데 반대편 귀는 또 왜 데었어?"

그는 몹시 화를 내며 목청을 높였다.

"아니 전화했던 놈이 다시 전화를 건 거야! 또 전화 받다가 덴 거지. 그 놈은 나랑 뭐 원수진 일도 없는데 두 번이나 귀를 데게 만들어! 나쁜 자식……."

이야기 2. _ _ _ _ _ _ _ _ _ _ _ _ _ _ _ _ _ _ _ _ _ _ _

어떤 작은 도시에 제과점이 하나 새로 생겼다. 그 제과점 주인은 마을 일에 나서기를 좋아했다. 목소리도 남달리 커서 큰 소리로 남을 험담하기도 했다.

그런데 설상가상으로 그 가게에서 구워 내는 빵은 크기가 너무 작아 동네 사람의 비난까지 사고 있었다. 어느 날 제과점 주인이 친구에게 하소연을 했다.

"사람들이 왜 나를 피하는지 모르겠어. 마을 일에 앞장서 일하는데 칭찬은 못 해 줄망정……."

친구는 이렇게 대답해 주었다.

"자네, 내일부터 목소리는 줄이고 빵 크기는 좀 늘리게."

이야기 3. _____

은행에 갈 때마다 창구에 앉아 있는 직원이 자기에게 인상을 쓴다며 화를 내는 사람이 있었다. 참고 참던 어느 날 그 사람은 직원에게 화를 내며 따져 물었다.

"도대체, 왜 나만 보면 인상을 쓰는 거요?"

그러자 직원은 당황스러워하며 대답했다.

"고객님, 저는 그런 적이 없습니다."

그 사람은 더 화가 치밀어 언성을 높였다.

"아니, 그러면 내가 괜히 트집을 잡는단 말입니까? 분명히 나만 보면 인상을 찡그렸잖아요! 어떤 날은 내가 가만히 관찰을 하기도 했어요. 다른 사람들에게는 상냥하게 대하더군요. 유독 나한테만 인상을 찡그리는 걸 이제 참을 수가 없습니다. 도대체 그 이유가 뭐요?"

그 말에 직원은 의외의 대답을 했다.

"고객님께서는 언제나 인상을 쓰며 저를 대하셨어요. 뭔가 당장 폭발할 것 같은 얼굴이어서 저도 모르게 불안해져 제 얼굴이 어두워졌나 봅니다. 죄송합니다."

**손가락이 향하는 곳은 어디?**

잘못된 일의 원인을 우리는 남에게서 찾는 경우가 많습니다. 습관적으로 또는 본능적으로 남을 탓하는 것이죠.

"그건 다 너 때문이야!"라며 남을 탓할 때, 상대방을 집게손가락으로 지적하죠? 그때의 손 모양을 잘 관찰해 보세요. 집게손가락과 엄지손가락을 제외한 나머지 세 손가락이 어디를 향하고 있는지를 말이에요.

 잠깐만!

"어떤 나쁜 결과에 대해서 변명을 찾지 말라. 모든 사건의 원인을 자신에게서 찾고, 좋든 싫든 결과 역시 자신이 책임을 지려는 태도를 가져야 한다."

슈바이처의 말입니다. 모든 문제의 원인을 남에게서 찾지 말고 스스로에게서 찾으세요. 원인은 멀리 있지 않답니다.

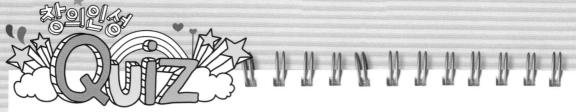

위의 세 가지 이야기들은 제목이 없습니다. 각 이야기에 알맞은 제목을 붙이고,
세 가지 이야기를 포괄하는 제목도 붙여 보세요. 이야기에 등장하는 사람들 간의
공통점을 아래에 쓰면서 찾아보면 도움이 될 거예요.

_____

_____

_____

_____

_____

_____

_____

_____

_____

_____

_____

# 이야기 30

## 그것도 기우 아닌가?

근심 없이 사는 사람은 하나도 없다. 근심 없는 이들이 모여 있는 마을이 딱 한 군데 있기는 하다. 그곳을 일러 우리는 공동묘지라 한다. 살아 숨 쉬고 있는 사람은 누구나 근심이 있다는 농담이다.

중국의 시선(詩仙)으로 알려진 이백, 그는 술을 마시면 시흥이 저절로 일어 일필휘지(一筆揮之, 단숨에 글을 써 내려감) 시를 쏟아내었다. 그러나 천재 시인도 마음속에서 시시각각 이는 근심만큼은 어쩌지 못했다. 그 근심은 술로써도 해결되지 않았다.

칼을 들어 물을 쳐도

물은 끊이지 않고 계속 흐르며

잔을 들어 술 마시며 걱정까지 없애려 해도

걱정 근심은 더욱 쌓여만 가네

- '선주사조루전별교서숙운(宣州謝脁樓餞別校書叔雲)' 중에서

사람들은 걱정과 괴로움이 있을 때 술을 마시기도 한다. 그러나 그것은 근본적인 해결책이 될 수 없다. 심리학자들에 의하면 사람들의 근심 가운데 80%는 일어날 가능성이 없는 것을 두고 쓸데없이 염려하는 것이라 한다. 그리고 12%는 자기와 상관없는 일이고 나머지 8%만이 걱정할 만한 걱정거리라고 한다.

그러나 이백의 시에서처럼 걱정을 하지 않으려 노력해도 잘되지 않는다. 누구나 인생만사가 마음먹기에 달려 있다는 말을 곧잘 하지만 그 '마음먹기'가 말처럼 쉽지 않은 것이다.

**이 또한 지나가리라**

페르시아 왕이 신하들에게 명령했답니다.
"마음이 슬플 때 위로해 주는 물건을 구해 오거라."
그러자 신하들은 왕에게 다음 글이 새겨진 반지를 바쳤다고 합니다.
'그것 또한 지나가리라.'
여러분도 걱정스러운 일이 생기거나 안절부절못할 정도로 긴장되는 순간을 맞닥뜨리면 이 문장을 반복해서 중얼거려 보세요. 그러면 한결 마음이 진정될 거예요.

**잠깐만!**

중국의 기(杞)라는 나라에 자나 깨나 근심으로 가득했던 사람이 있었습니다. 그는 하늘이 무너질까 근심하여 밤잠도 못 자고 밥도

생각이 껑충!

**내 마음속에 자라나고 있는 걱정들**

사춘기야말로 걱정을 많이 하는 시기입니다. 여러분은 요즘 어떤 걱정거리를 가지고 있나요? 그리고 그것은 걱정해서 해결될 문제인가요? 아니면 걱정할 시간에 그것을 해결하고자 노력하는 것이 나은가요?

먹지 못했답니다. 그 모습을 보고 사람들은 '쓸데없는 근심'을 일러 '기우(杞憂)'라고 하게 되었죠.

쓸데없는 걱정은 여러분의 마음을 갉아먹습니다. 그래서 더욱 중요한 일에 몰두하는 걸 방해합니다. 마음먹기가 힘들다면 종이에 중요한 일이나 힘을 주는 문장을 적고 책상 위에 붙여 보세요. 조금이나마 도움이 될 것입니다.

여러분이 지금까지 살아오면서 터득한 '기우에서 벗어나는 방법'을 써 보세요. 어떤 걱정에 휩싸여 있었는데, 이렇게 하니까 그 걱정에서 벗어날 수 있었다는 경험담이겠죠? 그리고 다른 친구들은 어떤 비결이 있는지도 알아보세요. 훗날 큰 도움이 될 것입니다.

_____

_____

_____

_____

_____

_____

_____

_____

_____

_____

# 사람들은 왜 거짓말을 하는가?

### 이야기 1. 맥아더와 금 접시

맥아더 장군은 미국 군대의 원수(元帥)이며 한국전쟁 당시 인천 상륙작전을 승리로 이끈 UN군 최고사령관이다. 그가 젊은 시절 육군학교 교장을 맡고 있던 때의 일이다.

하루는 국방위원들이 학교에 시찰을 나왔다. 맥아더는 보고를 마치고 위원들을 자신의 방으로 안내했다. 그가 사용하는 방에는 간이 침대 하나만 달랑 놓여 있었다.

"여기가 제 방입니다. 이곳에서 내내 지내다가 일요일만 집에서 잠을 잡니다."

맥아더는 자기가 평소 얼마나 고생하고 있는지를 강조하기 위해, 매일 간이침대에서 잔다는 거짓말을 했다.

시찰이 끝난 후 만찬이 열렸다. 훌륭한 요리들이 멋진 그릇에 담겨 나왔다. 즐거운 식사가 끝나고 모두들 돌아갔다. 그런데 파티에 사용했던 금 접시가 하나 없어졌다. 맥아더는 괘씸하게 생각하고 범

인을 꼭 잡고야 말겠다고 이를 갈았다.

먼저 국방위원들을 의심한 그는 일일이 서신을 보내 금 접시의 행방을 캐물었다. 그런데 그는 며칠 뒤 뒤통수를 얻어맞는 듯한 편지를 한 통 받았다. 그 편지는 맥아더의 거짓말을 비웃고 있었다.

"장군님, 죄송합니다. 금 접시는 제가 훔쳤습니다. 그러나 접시가 탐이 나서 훔친 것은 아닙니다. 그 금 접시는 장군님께서 매일 주무신다는 간이침대 안에 넣어 두었습니다. 무례함을 용서하십시오."

그 편지를 읽고 얼굴이 벌겋게 달아오른 맥아더는 평생 거짓말을 하지 않기로 다짐을 했다고 한다.

### 이야기 2. 변호사의 거짓말

마선재 씨는 사법고시에 합격하고 드디어 변호사가 되었다. 변호사 사무실을 연 첫날, 마 변호사는 하루 종일 의뢰인을 기다렸지만 개미 한 마리도 얼씬거리지 않았다.

한참을 기다리며 지쳐 버린 마 변호사, 저녁 무렵 드디어 문을 노크하는 소리가 들렸다.

'앗! 첫 의뢰인가!'

마 변호사는 얼른 전화기를 들어 올렸다. 그리고 오지도 않은 전화에 대고 혼자서 열심히 떠들어 댔다.

"개업하자마자 어찌나 일이 많은지 요즘 정신없이 바쁩니다. 저는 사건을 맡았다 하면 무조건 승소해 버리거든요. 예예, 그렇지만 선생님 일은 어떻게든 시간을 내어 제가 맡아 드리지요. 그럼, 다른 의뢰인님께서 또 오셔서 이만 전화를 끊겠습니다."

마 변호사는 자기의 첫 의뢰인에게 신뢰감을 줄 양으로 그렇게 거짓 수다를 늘어놓았다. 어느 정도 신뢰감을 주었다 생각해 뿌듯한 표정으로 마 변호사는 사무실에 들어선 사람에게 물었다.

"선생님은 무슨 사건 때문에 오셨습니까?"

**아찔한 거짓말의 기억**

거짓말을 그럴듯하게 늘어놓았다가 나중에 탄로나 버린 경험은 누구에게나 있습니다. 여러분도 예외는 아니죠? 그때 상황을 떠올려 보고 당시 심정을 이야기해 보세요.

그러자 그 사람은 잠시 머뭇거리다가 이렇게 말했다.

"변호를 의뢰하려고 온 사람이 아닙니다. 저는 전화국에서 나왔습니다. 이 사무실에서 신청하신 전화선을 이어 드리려고요."

그렇게 말하고, 그는 아직 연결되지 않은 전화의 선을 찾아 잇기 시작했다. 마 변호사의 얼굴은 금세 홍당무가 되었다.

 잠깐만!

진실이 최고의 방책입니다. 거짓은 언젠가는 들통이 나지요.

"한 사람은 영원히 속일 수 있으며, 많은 사람은 일시적으로 속일 수 있다. 그러나 많은 사람을 영원히 속일 수는 없다." 독일의 격언입니다.

사실 거짓을 말했을 때, 대상이 한 사람이든 다수이든 그 거짓말은 반드시 들통이 나고 맙니다. 거짓말을 하는 순간, 가장 먼저 그 거짓말을 알아채고 비난하는 사람이 있기 때문입니다. 누구일까요? 바로 자기 자신입니다.

생각이 껑충!

**거짓말도 하려면 잘 좀 하든지**

성훈이는 학교에 가기 싫어서 담임 선생님에게 전화를 걸었습니다. 평소 아버지 목소리를 잘 흉내 내었기 때문에 그 장기를 살려 보기로 한 것이죠.

"저, 여기 성훈이네 집인데요. 우리 성훈이가 감기가 심해서 오늘 학교에 가지 못할 것 같습니다."

선생님은 그 말이 끝나자마자 이렇게 물었습니다.

"그런데 전화 거시는 분은 누구십니까?"

성훈이는 목소리를 더 굵게 만들어 이렇게 대답했습니다.

"아, 저는 우리 아버지입니다."

위의 두 가지 이야기를 잘 읽고 '사람은 때때로 왜 거짓말을 하는가?'에 대한 여러분의 생각을 자세히 써 보세요. 아울러 거짓말을 하고 싶은 유혹에서 벗어나는 방법도 적어 보세요.

_____

_____

_____

_____

_____

_____

_____

_____

_____

_____

_____

_____

# 왜 달리는가

아프리카의 남부의 칼라하리 사막에는 스프링벅이라는 독특한 종류의 산양들이 살고 있다. 스프링벅은 보통 20여 마리씩 모여 한가롭게 풀을 뜯는데 때로는 몇 만 마리까지 불어나기도 한다.

처음에는 무리가 천천히 이동하면서 풀을 뜯지만, 뒤쪽에 있던 산양들이 풀을 차지하지 못하여 앞으로 비집고 들어가려 할 때 문제가 생긴다. 뒤에 있던 산양들이 앞쪽으로 들어가면 앞서가던 무리는 지지 않으려고 뛰기 시작하기 때문이다. 앞에서 뛰니까 영문도 모르고 뒤에서도 뛴다. 뒤에서 쫓아오니까 앞에서는 또 뛴다. 뛰니까 뛰고, 뛰어야 뒤떨어지지 않으니까 달리고 또 달린다. 이유도 없고 목적도 없다. 그냥 무작정 달린다.

그렇게 질주하던 산양 떼는 초원을 지나고 사막을 건너 마침내 바닷가 절벽에 도달한다. 깎아지른 듯한 절벽에서 산양들은 차례로 바닷속에 빠져들고 만다. 달리던 속력을 순간적으로 줄일 수 없어, 뒤에서 밀어붙이는 힘에 의해 차례차례 바다로 떨어지는 것이다.

**산양 떼죽음 사건의 시발점**

스프링벅들이 절벽에서 떨어져 떼죽음을 당한 이유는 목적도 없이 달린 결과입니다. 하지만 이 사건의 시발점은 따로 있습니다. 바로 뒤에 있던 녀석들이 앞으로 비집고 들어간 탓이죠. 그러나 그 녀석들도 나름의 이유가 있습니다. 뒤쪽에 있어 먹을 풀이 별로 없었던 것이죠. 즉, 앞에 있던 산양들이 뒤쪽 산양들을 위해 풀을 넉넉히 남겨 두었다면 산양 떼죽음 사건은 일어나지 않았을지도 모른다는 것입니다.

얼마 후 바닷가에서는 허망한 질주가 끝나고, 불쌍한 스프링벅의 시체만이 파도에 나뒹굴게 된다. 작가 이승우의 소설 《세상 밖으로》에 나오는 이야기이다.

 **잠깐만!**

저의 짧은 소설《젊은 운전자에게》의 내용입니다.

신형차를 새로 구입한 어느 부부가 신바람 나게 주말여행을 떠났습니다. 그러다 기름이 떨어져, 남편은 주유소에 잠시 들러 기름을 채워 넣고 다시 차를 몰았죠.

그렇게 서너 시간쯤 달리다 가벼운 사고가 일어나고 말았습니다. 그런데 이게 웬일입니까. 뒷좌석에서 잠자고 있는 줄로 알았던 아내가 없는 것입니다. 주유소에 들렀을 때 화장실에 간 아내를 태우지 않고 남편 혼자 달려온 것입니다. 현대인들은 무작정 달려가는 일에 마치 중독이 된 것 같지 않습니까?

하비 콕스의 말처럼 현대는 과속 질주의 시대입니다. 왜 달리는지 목적의식도 없이 오로지 앞만 보고 달립니다. 소유와 출세 외에는 관심이 없습니다. 진정 소중한 것에는 관심을 두지 않은 채 말입니다. 그러다 사고가 나야, 인생길에 빨간불이 켜지고 나서야 겨우 정신을 차리는 것입니다. 참으로 어리석은 모습입니다.

 **생각이 껑충!**

- - - - - - - - - - - - - - - - -

**여보, 나 아직 안 탔다고요!**
화장실에 다녀왔더니, 남편도 없고 차도 없어졌다? 이야기 속 아내는 정말 황당했을 것 같습니다. 게다가 아주 낯선 곳이었을 테니 더더욱 놀랐겠죠. 나중에 남편을 다시 만나서 아내는 남편에게 뭐라고 할까요? 한번 상상해 보세요.

여러분은 지금 왜 그렇게 열심히 달리고 있습니까? 무엇을 위해, 왜 그렇게 열심히 공부하고 있는 것이죠?

네, 그렇습니다. 여러분이 성취하고 싶은 꿈을 이루기 위해서입니다. 그렇다면 여러분의 꿈은 무엇인가요? 그 꿈은 여러분의 삶을 다 바칠 만큼 가치 있는 것인가요?

'무엇이 될 것인가'보다 중요한 것은 '어떻게 살아갈 것인가'입니다. 여러분이 소망하는 꿈을 이룬다면 여러분은 어떤 삶을 살아갈 것입니까?

여러분의 꿈은 무엇이고, 그 꿈을 이룬다면 어떤 삶을 살아갈 것인지를 써 보세요.

_____

_____

_____

_____

_____

_____

_____

_____

# 소파와 현관문

　서울의 대형 백화점에서 정기 세일을 하면 도심의 교통이 마비된다. 언제부터 이런 소비문화가 이 땅을 뒤덮게 되었을까?

　대형 백화점에서 있었던 일이다. 가구를 파는 곳에 온갖 화려한 물건들이 진열되어 있었다. 분홍빛 비단이 드리워진 화려한 침대, 초록색 가죽으로 만든 소파, 은도금으로 우아하게 장식된 소품들.

　어떤 신혼부부가 초록빛 소파 앞에서 발걸음을 멈추었다. 소파에는 '8,000,000원 → 6,000,000원'이라는 가격표가 붙어 있었다.

　아내는 그 소파가 몹시 마음에 든 듯했다. 하지만 남편은 굳이 그렇게 큰 소파가 필요한가 싶어 뜸을 들였다.

　"너무 비싸지 않아? 우리 거실에는 또 너무 큰 것 같기도 하고……"

　남편의 말이 끝나기 무섭게 점원이 끼어들었다.

　"어딜 가도 이태리제 고급 소파를 이 가격보다 싸게 사실 수는 없을 거예요. 지금이 정말 기회예요, 손님."

부부는 결국 소파를 샀다. 아내는 매우 기분 좋게 계산을 끝냈다. 그러나 문제는, 두 사람이 신혼을 시작할 아파트 현관에서 일어났다. 새로 산 소파가 너무 커서 집 안으로 들여놓기가 힘들었던 것이다.

생각다 못해 부부는 현관문을 뜯기로 했다. 그제야 겨우겨우 우겨 넣을 수 있었다. 물론 새 소파에 흠이 생기고 말았지만. 그런데, 진땀 빼며 소파를 거실에 들여놓고 보니 거실이 너무 좁아 보였다.

부부는 안 되겠다 싶어 소파를 차에 싣고 다시 백화점으로 향했다. 조금 작은 것으로 바꾸기 위해서였다. 그러나 점원은 소파의 흠집을 이유로 교환이 불가능하다고 잘라 말했다. 부부는 어쩔 수 없이 소파를 다시 집으로 가져가야 했다. 하루종일 고생해 피곤한 몸을 이끌고 말이다.

 잠깐만!

어느 동네에 훌륭한 의사가 있었습니다. 하루는 그 의사가 운영하는 병원 입구에 이런 쪽지가 붙었습니다.

2월 한 달간 임시 휴진함.

그 대신 병원 없이도 살 수 있는 비밀을 공개함.

모든 걸 조금씩만 줄이며 사시기 바람.

욕심도 반으로, 음식도 반으로 줄이시면 병원에 올 이유가 없어짐.

재미있는 이야기군요. 과유불급(過猶不及), 지나친 것은 모자란 것
보다 오히려 못하답니다.

'소파와 현관문'에 등장하는 아내는 그 엄청난 욕심 때문인지 만성 소화불량에 걸리고 말았습니다. 그래서 '잠깐만!'에 나온 의사에게 진료를 받으러 갔습니다. 의사는 진료 과정 중 소파 사건을 알게 되었다고 하고요.
진찰을 끝낸 뒤 의사는 다음과 같은 특이한 진단서를 환자에게 건네주었습니다.

## 진 단 서

| 성명 | 노미선 | 날짜 | 2012. 04. 22. |
|---|---|---|---|
| 의견 | | | 1. 소파가 현관문을 통과하기 어려웠던 것과 환자분께서 소화불량에 걸린 것은 비슷한 이치입니다.<br>2. 소파에 흠집이 생긴 사실을 잘 생각해 보십시오. 그것 역시 환자의 소화불량과 관계가 있습니다.<br>3. 평소 먹는 음식을 딱 절반으로만 줄이십시오. 그리고 욕심도 딱 절반으로 줄이십시오. 그러면 환자의 병은 낫습니다. |

참 이상한 내용의 진단서죠? 욕심 많은 아내 역시 이 진단서의 깊은 의미를 잘 이해하지 못했답니다. 그래서 의사에게 따져 물었죠.

"아니, 의사 선생님! 무슨 진단서가 이렇습니까? 좀 쉽고 자세하게 설명해 주실 순 없나요?"

자, 여러분은 진단서의 깊은 의미를 잘 알고 있으리라 생각합니다. 여러분이 의사 선생님이 되어 진단서의 의미를 잘 설명해 보세요.

_____

_____

_____

_____

_____

_____

_____

_____

_____

_____

# 내가 먹기는 그렇고, 남 주자니 아깝고

먹이를 찾아 헤매던 여우가 포도나무를 발견했다.

"참 먹음직스럽게 생겼다."

여우는 포도를 따려고 했지만 키가 닿지 않았다. 마침 햇빛을 받아 반짝이는 검붉은 포도는 여우를 더욱 유혹하는 듯했다. 몇 번 더 포도를 따려고 껑충껑충 뛰어 보았지만 허사였다. 여우는 마침내 지치고 말았다. 그러자 여우는 이렇게 말하며 가던 길을 가 버렸다.

"저건 신 포도야. 먹을 수 없는 포도라고."

이솝 우화에 나오는 '여우와 신 포도' 이야기이다.

그런데 어떤 사람이 상상력을 발휘해 이 우화의 속편을 지어 냈다.

여우는 온갖 지혜를 짜 내어 포도를 따는 데 성공했다. 그러나 그 포도는 정말로 신 포도였다. 얼굴을 잔뜩 찡그리며 포도를 버리려는 순간, 여우 주변으로 다른 여우들이 몰려들었다. 그러고는 부러운 눈초리를 마구 보내오는 것이 아닌가. 여우는 얼른 표정을 고쳤다. 그리고 정말 맛있다는 듯 신 포도를 다 먹어 치웠다. 다른 여우들이 그 모습을 보며 군침을 꿀꺽 삼켰다.

　여우는 다시 포도송이를 하나 더 땄다.
많은 여우들이 자기를 올려다보고 있었다.
여우는 으스대는 낯빛으로 계속 신 포도를
먹어 댔다.

　그러기를 계속하던 여우는 결국, 위궤양
이 생겨 죽고 말았다는 이야기다.

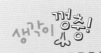

**우화 속편 짓기**
세상에는 교훈적이고 감동적인 우화가 많
습니다. 여러분이 아는 우화 중 하나를 골라
속편을 지어 보세요. '개미와 베짱이' 이야
기부터 시작해 볼까요?
원래 이야기의 결말을 비틀어도 보고, 그 후
에 벌어질 일도 상상해 보세요. 여러분만의
이야기가 차곡차곡 쌓일 거예요.

 잠깐만!

물질의 풍요가 곧 인간의 행복을 결정짓는 척도는 아니지요. 평생 동안 오직 돈 버는 일에만 열중해 온 사람들은 그것이 결국 '신 포도'였음을 나중에서야 깨닫게 됩니다. 그 순간 삶은 허무해지죠. '아, 내가 이것을 위해 내 삶을 몽땅 바쳐 왔던가? 보다 가치 있는 일을 찾아서 몰입했어야 했는데……' 하고 후회하게 됩니다.

 생각이 껑충!

**먼 훗날 후회하지 않기 위해**

여러분이 70세가 되었을 때, 여러분 스스로가 자신의 삶을 되돌아본다고 상상해 봅시다. 주변 사람들의 평가나 세상에 남긴 기록들은 다 잊고, 오로지 본인만의 평가를 내려 보는 것입니다. 어려울 수도 있을 거예요. 아주 먼 미래이기 때문이죠. 하지만 미래의 모습은 오늘 나의 일분일초로 이루어진 것입니다. 당장 오늘 내가 했던 일을 돌아보고 그에 비추어 70세의 삶을 상상해 보세요. 어떤 그림이 그려지나요? 만족? 아니면 후회?

상상이 끝나면 다시 지금 여러분의 삶으로 돌아오세요. 그리고 70세가 되었을 때 느꼈던 것을 토대로 오늘을 어떻게 살지 고민해 봅시다. 지금 내가 먹고 있는 신 포도를 버리고, 포도나무를 더 잘 가꿔 진짜 달고 맛있는 포도를 키워 보는 것입니다.

그런 마음이 들 때 인간은 둘 중 하나를 선택하게 됩니다. 첫째는 공허감을 메우려고 온갖 쾌락에 빠져드는 것입니다. 자신의 삶에 대한 각성을 마비시켜 버리죠.

또 하나는, 이제라도 뜻 있는 일에 자신의 돈과 시간을 투자하려고 애쓰는 것입니다. 그러나 사실 그 역시 순수하게 남을 위한 것이 아니라 자신을 위한 동기에서 시작된 선행입니다. 그래서 공허와 허탈감을 근본적으로 치유해 주지는 못하죠.

정말 신 포도인데도 남을 의식해서 만족스러운 표정을 지으며 계속 먹는 가식에서 하루빨리 벗어나야 합니다.

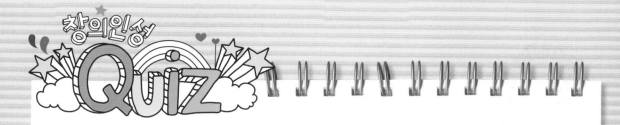

'여우와 신포도'의 첫 번째 이야기는 갖고 싶은 것을 획득하지 못했을 때의 상실
감을 메우기 위한 자기 위안을 꼬집고 있습니다. 자기가 열망하던 대상을 자기
것으로 만들지 못했을 때, 그것의 가치를 낮게 평가해 버림으로써 위안을 얻으려
는 인간의 얄은 심리를 풍자한 것이죠.
그렇다면 '여우와 신포도'의 두 번째 이야기는 인간의 어떤 마음을 꼬집고 있는
것일까요? 자세히 적어 보세요.

_____

_____

_____

_____

_____

_____

_____

_____

# 부상병의 투혼

승산이 없는 전쟁이었다. 적의 수는 수천 명이었고 아군은 이백 명에 불과했다. 사령부에서는 항복할 것을 명령했다. 그러나 전략상 아주 중요한 고지를 포기하고 물러설 수는 없었다.

저녁이 되었다. 당장 항복하지 않으면 적군이 벌떼처럼 공격해 올 시간이었다. 장군은 모든 병사를 집합시켰다. 그는 비장한 얼굴로 단검을 빼 들었다. 그러고는 땅바닥에 길게 금을 그었다.

"오늘 밤, 우리는 최후의 전투를 감행하게 될 것이다. 죽기를 각오 하면 이길 수 있다. 다만 죽음이 두려운 사람은 이 전투에 나서지 않 아도 된다. 나와 함께 조국을 위해 싸울 사람만 이 금을 넘어 이쪽에 와 서라."

병사들은 장군이 그어 놓은 선을 넘어 용감하게 걸어 나왔다. 승 리에 대한 결의가 그들의 얼굴에 어려 있었다.

그런데 단 한 명의 병사만이 자리에서 움직이지 않았다. 장군의 눈이 그 병사의 눈과 마주쳤다. 그 병사는 나직이 말했다.

"장군님, 보시다시피 저는 전투 중 부상을 입어 걸을 수가 없습니다. 금방 그은 그 금을 제 뒤쪽에 다시 그어 주실 수 없겠습니까?"

그날 밤, 용감한 군인들은 사력을 다해 고지를 지켰다. 그리고 조국에 뜻있는 승리를 안겨 주었다.

생각이 껑충!

**전우여!**
부상을 입은 병사도 마음만은 동료들과 함께 전투에 나가고 싶었던 것이었군요. 여러분이 장군이었다면, 또 전우였다면 그 현장에서 무슨 말을 해 주었을까요?

 잠깐만!

마케도니아 대제국에는 용감한 병사가 있었습니다. 그는 중한 병에 시달리면서도 전투에서는 남달리 용감하게 싸웠답니다.

대왕이 그를 가상히 여겨 시의를 보내 병을 고쳐 주었습니다. 그런데 병이 낫자 그는 전처럼 용감하게 싸우지를 않았답니다.

동료 병사가 이유를 묻자 그는 이렇게 대답했습니다.

"병이 있을 때는 이왕 죽을 목숨이라서 목숨 걸고 싸웠는데, 회복되고 보니 목숨이 아까워서 몸을 사리게 되더군."

**시의(侍醫)**
궁중에서, 임금과 왕족의 진료를 맡은 의사입니다. 왕족을 치료하는 만큼 당대 최고의 명의겠죠?

부상을 입어 걸을 수 없는 병사가 전투에 나설 수는 없지요. 그렇다면 그 금을 자신의 뒤쪽에 그어 달라는 말의 의미는 무엇일까요? 그 말의 의미를 생각하며, 부상을 입은 병사의 입장이 되어 '부상을 입은 날, 장군이 금을 긋고 결의를 다진 날, 그리고 전투에서 승리한 뒤의 어느 날'의 이야기를 써 보세요.

# 폭풍이 멎으면 다시 노래를

미국 케네디가(家)의 대모(大母) 로즈 케네디 여사. 그녀는 기쁨과 슬픔이 교차된 104년간의 삶을 살다 눈을 감았다. 로즈 여사는 남편 조셉과의 사이에 4남 5녀의 자녀를 두었다. 우리 식으로 말하자면 자식 복이 많은 여인이었다.

존 F. 케네디는 전 세계적으로 유명한 미국의 대통령이다. 로즈 여사는 바로 그의 어머니였다. 뿐만 아니라 그녀는 두 명의 미국 상원의원을 길러 냈고, 104세까지 장수하였으니 가히 '영광의 일생'이었다고 할 수 있다.

그러나 그 영광스러운 삶 뒤에는 엄청난 고통과 비극이 감추어져 있다. 그녀는 4명의 자녀를 저세상으로 먼저 떠나보내는 아픔을 겪었다. 장남 조셉 P. 케네디는 해군 조종사로 2차 대전 참전 중 추락 사했다. 4년 후 차녀 캐슬린도 알래스카 상공에서 비행기 사고로 죽었다. 1963년에는 차남인 케네디 대통령이 암살당했고, 5년 후에는 삼남 로버트 케네디 상원의원이 역시 총에 맞아 죽었다.

그래서 로즈 여사의 생애를 두고 사람들은 '영광과 비극'의 삶을 넘나들었다고 말한다. 그녀 자신도 "인생은 고통과 환희의 연속이다."라고 말했다.

그녀가 죽자 클린턴 대통령은 당시 성명을 발표했다. 성명의 내용은 미국을 위해 로즈 여사처럼 많은 희생을 감수한 사람은 두 번 다시 없을 것이라는 깊은 애도의 표현이었다.

로즈 여사는 비극을 당할 때마다 이렇게 말했다. 우리 모두의 가슴에 한 번쯤 새겨 둘 만한 명언이다.

"새들도 폭풍이 멎으면 다시 노래하는데 우리가 그렇게 하지 못할 이유가 무엇인가."

### 잠깐만!

오프라 윈프리, 그녀는 사생아로 태어났습니다. 9세 때 친척에게 성폭행을 당한 이후 그녀의 삶은 구겨지기 시작했죠. 14세에 미숙아를 사산했고 20대 초반에는 마약 중독자가 되었습니다. 폭식증으로 몸무게가 무려 98kg이나 되었습니다. 우리 식으로 표현하면 '갈 데까지 간 여자'입니다.

그러나 지금은 〈타임지〉가 선정한 세계를 움직이는 100인 중 한 명입니다. 1년 수입이 무려 2,500억이나 된답니다. 12년간 최고의 TV 토크쇼 진행자였지요. 〈베니티 페어〉라는 잡지는 그녀를 이렇게 극찬했답니다.

"그녀는 교황을 제외하고, 정신적인 면에서 어느 학자나 정치가, 종교적 지도자보다 더 큰 영향력을 발휘하고 있다."

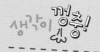
**생각이 깡충!**

- - - - - - - - - - - - - - -

**인생을 바꾼 책**

오프라 윈프리가 위기를 극복한 힘은 책이라고 합니다. 지금까지 읽었던 책 중에 여러분에게 가장 큰 힘을 준 책은 무엇인가요? 그런 책이 있다면 주변 사람 3명에게 반드시 추천해 주세요. 여러분은 단순히 책을 추천한 것에 불과하지만, 그 추천으로 한 사람의 인생이 달라질 수 있답니다.

그렇다면 그녀를 밑바닥 인생에서 세계적 명망가로 우뚝 세운 원동력은 무엇이었을까요?

"인생 역전을 꿈꾸게 한 동력은 다름 아닌 책입니다. 책이 내 인생을 바꾸었습니다."

그리고 오프라 윈프리는 "과거의 아픈 상처와 어두운 현실을 어떻게 극복했는가?"라는 질문에 이렇게 짧게 대답했습니다.

"저는 과거의 상처가 나를 쓰리게 할 때마다 '까짓것, 그게 어쨌단 말이야?' 하고 저 자신에게 늘 외쳤습니다."

오프라 윈프리는 불우했던 과거에 붙잡혀 있지 않았습니다. 이미 지나간 일은 돌이킬 수 없습니다. 다만 우리에게 교훈을 줄 뿐입니다. 어리석은 사람은 과거에 얽매여 현재의 삶에 충실하지 못합니다. 그렇게 되면 불행과 좌절에서 헤어날 수 없습니다.

심리학자나 상담학자들은 이렇게 말합니다.

"불행한 과거를 지닌 사람들은 현실에 존재하면서도 자꾸만 과거에 사로잡혀 조종당한다."

그렇습니다. 우리에게는 '그때 거기서(then and there)'가 중요하지 않고 '지금 여기서(now and here)'가 중요합니다.

그러나 우리가 역사 공부를 하는 이유는 이미 지나간 시간과 사건에서 많은 교훈을 얻을 수 있기 때문입니다.

자, 그렇다면 개인적인 삶에서 '과거'는 어떤 면에서 중요하고, 어떤 면에서 잊어버려야 할 것인지 생각해 봅시다.

# CHAPTER 4

# 창의성에 왜 인성도 보태야 할까?

# 창의성에 왜 인성도
# 보태야 할까?

창의성을 '새롭고 가치 있는 것을 만들어 내는 능력'이라고 한다면 인성은 그 '창의성을 바르게 적용할 수 있는 능력'이라고 할 수 있습니다. 따라서 창의·인성교육은 올바른 인성과 도덕성을 갖춘 창의적 인재를 길러 내는 교육이죠.

'균형적 지혜'라는 말이 있습니다. 이는 교육학자인 스턴버그가 처음으로 사용한 용어입니다. 창의성이 뛰어난 인재가 있다면, 그 사람은 개인의 성취는 물론이고 다른 사람의 성취를 도와야 하고 또 공공의 이익을 추구하여 더 나은 세상을 만들기 위해 노력해야 한다는 것입니다. 단순히 똑똑한 사람보다는 지혜로운 사람을 길러 내야 한다는 의미에서 균형적 지혜라는 용어를 사용하였죠.

여러분, 창의성에 인성이 보태지지 않는다면 어떤 결과가 나타날까요? 자칫하다가는 인류에 크나큰 해악을 불러올 수도 있을 것입니다. 이 세상에는 창의적인 이기주의자들이 많습니다. 더 나아가 창의적인 살인마도 존재하죠. 히틀러 같은 사람들은, 아이러니하게도 매우 창의적입니다. 뿐만 아니라 인류에 끔찍한 피해를 준 사람들 중에도 최고의 교육을 받은 창의적 인재가 너무나 많습니다.

똑같은 칼도 요리사의 손에 들릴 때와 강도의 손에 들릴 때 서로 다른 결과를 가져옵니다. 화약이 산업현장에서 쓰이면 인류의 복지에 기여하지만 전쟁에서 사용되면 사람의 목숨을 빼앗는 살상 무기가 되고 맙니다.

그래서 창의성교육이 아닌, 창의·인성교육이 필요한 것입니다. 창의·인성교육에 관해 오랫동안 연구해 온 서울대 문용린 교수님은 "창의성교육과 인성교육의 독자적인 기능과 역할을 강조하는 동시에, 두 교육을 잘 결합하여 올바른 인성과 도덕적 판단력을 갖춘 창의적 인재를 육성해야 한다."고 강조하였습니다.

**누가 쓰느냐에 따라 달라지는 것들**
칼은 요리사가 쓰느냐, 살인마가 쓰느냐에 따라 전혀 다른 결과가 나옵니다. 그렇다면 카메라는 어떨까요? 사진가가 쓰면 멋진 사진 작품을 만드는 예술 도구가 되겠지만, 나쁜 마음을 먹은 사람이 쓰면 누군가의 사생활을 훔쳐보는 도구로 전락할 것입니다. 다른 물건들도 한번 생각해 봅시다. 유리, 전화, 술 등이 누구 손에 들릴 때 훌륭한 창작 도구가 되나요?

또한 교수님은 창의적인 사람이 아름다운 인성을 갖출 때 그 창의성은 더욱 빛을 발한다고 말하며, 다음 여섯 가지 덕목을 제시하였죠. 바로 '정직, 약속, 용서, 책임, 배려, 소유'입니다. 이 덕목들을 외우기 쉽게 머리글자를 따서 '정약용책배송(소)'이라고 이름을 붙이기도 해요. 정약용이 책을 배송해 준다고 기억하면 쉽겠죠?

각 덕목에 대해 설명한 다음 문장들을 살펴봅시다. 표준 은 그렇게 되어야만 하는 당연한 의미이고, 현실 은 그렇지 못한 우리 사회의 실상을 보여 주고 있습니다.


### 1. 정직

표준 언제나 어디서나 진실을 말하고 거짓을 미워해야 한다. 그래야 어떤 상황에서나 떳떳한 사람이 될 수 있다.

현실 상황에 따라 진실이 감춰질 수도 있다. 자신에게 손해가 되면 진실 앞에 눈을 질끈 감아 버린다.


### 2. 약속

표준 항상 먼저 한 약속이 우선이며 약속은 반드시 지킨다.

현실 자신에게 유익한 약속, 중요하다고 생각되는 사람과의 약속이 우선이다.

## 3. 용서

표준 무조건적으로 남을 용서하는 것은 나 자신도 남으로부터 용서받을 일이 있다는 사실을 인정하는 것이다.

현실 미안하다는 말을 들을 때만 용서하는 '시혜'의 개념으로 '다음부터 어떻게 하는지 두고 보자.'라며 응어리진 마음을 갖는다.

## 4. 책임

표준 자신의 말과 행동에 대해 끝까지 책임을 지며 절대 남에게 책임을 전가하지 않는다.

현실 잘되면 내 덕, 잘못되면 남 탓으로 오리발을 항상 뒷주머니에 감추고 산다.

## 5. 배려

표준 상대방의 입장에서 생각하며 상대방이 즐겁고 만족스러울 때 자신도 행복하다.

현실 모든 일을 자기 좋은 대로 생각한다. '내 맘대로'라는 태도가 습관이 되었고 자기 자신이 만물의 척도이다.

## 6. 소유

[표준] 내 것, 남의 것, 우리 것의 개념이 분명하며 이를 잘 구분하여 소유하고 활용한다. 타인의 성공과 능력을 인정하고 자신의 역량에 맞는 결과를 받아들인다.

[현실] 내 것, 남의 것, 우리 것의 개념이 불분명하며 분별없는 소유욕을 갖고 있다. 자신의 역량과 그 결과를 순수하게 받아들이지 못한다.

창의성에 인성이 결합되어야 하는 이유를 좀 더 생각해 봅시다. 위에 제시한 덕목으로 예를 들어 볼게요.

우리나라에서도 아주 뛰어난 과학자가 나타난 적이 있었습니다. 하지만 정직이라는 인성을 갖추지 못해 나락으로 떨어져 버렸죠. 그의 창의적인 연구 성과는 사람들을 열광하게 만들었습니다. 육체적인 질병으로 고통받는 사람들에게는 더없는 희소식을 안겨 주는 연구였습니다.

그런데 그 과학자는 줄기세포라는 생소한 용어를 전 국민들에게 각인시킨 뒤, 세상을 뒤숭숭하게 만들고 어디론가 사라져 버렸습니다. 그가 만약 창의성에다 정직이라는 인성까지 갖추고 있었다면 우리나라는 지금쯤 줄기세포 분야에서 전 세계의 주목을 받고 있을지도 모릅니다. 개인의 성공과 성취는 물론 국가적으로도 어마어마한 이익을 창출했을 테죠.

창의적인 사람들은 다소 엉뚱하고 이기적이며 남과 잘 화합하지 못한다는 연구 결과들이 있습니다. 이에 대해 반론을 제기하는 학자들도 있긴 하지만, 어쨌든 그러한 성향이 어느 정도 있는 것은 사실인 듯합니다. 그렇다면 창의적인 사람들이야말로, '정약용·책배송(소)'을 외우고 익혀야 할 필요가 있습니다.

대부분 깊이 있는 연구는 팀을 이루어 진행되지요. 한 사람의 창의성에 의해 놀라운 연구 결과가 나오는 예는 드물기 때문입니다. 또한 광범위한 연구를 수행할 때는 여러 사람이 협력해야 더 좋은 결과가 나옵니다. 특히 현대 학문은 점점 전문화되고 세분화되고 있기 때문에 다양한 분야의 전문가들이 협력하지 않으면 수준 높은 결과물을 만들어 내기 어렵습니다.

성능과 디자인에서 두루 앞서가는 신개념의 자동차가 출시되었다고 가정해 봅시다. 일반적으로 자동차는 크게 엔진, 전기 부분, 그리고 몸체의 세 부분으로 나누어집니다. 그리고 자동차 한 대에는 무려 2만 개의 부품이 들어가 있죠. 기존의 자동차와는 다른 혁신적인 개념의 자동차가 생산되었다면, 각 부품마다 수많은 창의적 사고와 인재들의 땀이 녹아 있다고 할 수 있습니다. 2만 개의 창의성과 노력들이 세상을 놀라게 할 결과물을 만든 것입니다. 기계, 전자 분야 뿐만 아니라 미술, 음악과 같은 예술 분야 역시 서로 창의력을 합치면 더욱 감동적인 작품을 만들 수 있답니다.

이렇게 생각해 볼 때 창의성을 가진 사람들은 그 누구보다도 더더욱 정직과 약속, 용서와 책임, 배려와 소유 등의 인성적인 덕목을 고루 갖추어야 합니다. 특히 지식인들에게 높은 수준의 윤리성이 요구되는 건 두말할 필요가 없겠죠?

# 나도 살고 남도 살리는 길

한겨울, 세찬 눈보라가 휘몰아치는 산 중턱을 넘던 한 여인이 기진맥진하여 쓰러졌다. 눈보라 속에서 그녀의 몸은 점점 굳어 가고 있었다.

마침 뒤따라오던 한 젊은이가 쓰러진 여인을 발견했다. 젊은이는 잠시 생각에 잠기는 듯하더니 결국 그 여인을 버려두고 발걸음을 옮겼다. 가야 할 길이 너무 멀었기 때문이었다.

얼마 후에 할머니 한 분이 그 길을 지나게 되었다. 할머니는 몹시 지쳐 있었지만, 그래도 쓰러진 여자를 두고 그냥 갈 수는 없었다. 할머니는 힘겹게 여인을 들쳐 업고 발걸음을 옮겼다. 산마루를 넘어설 때는 금방이라도 쓰러질 것만 같았다. 매서운 칼바람에도 할머니의 이마에는 땀방울이 송송 맺혔다.

할머니가 간신히 고개를 넘어 산 아래에 다다르자, 웬 젊은이가 쓰러져 있는 게 보였다. 할머니는 잠시 멈춰 젊은이를 흔들어 보았지만 그는 이미 얼어 죽은 후였다. 그는 조금 전, 쓰러진 여인을 버

생각이 껑충!

**부메랑 효과**

'부메랑 효과'라는 말이 있습니다. 부메랑은 던지면 되돌아오지요. 마찬가지로 내가 한 행동은 언젠가는 나에게로 다시 돌아옵니다. 이 이야기에서 쓰러진 여자를 업고 간 할머니는 살았지만 그냥 두고 간 젊은이는 얼어 죽었습니다. 자신이 한 행동의 대가를 그대로 되받은 것입니다. 여러분도 이런 경험이 있나요? 내가 한 행동이 그대로 나에게 다시 돌아온 경험 말입니다. 착한 일을 해서 행운이 온 일, 혹은 나쁜 짓을 해서 벌을 받은 일 등을 기억해 보세요.

려두고 혼자 가 버린 젊은이였다.

젊은이와는 반대로 할머니는 오히려 더울 지경이었다. 땀도 나고 얼굴도 붉게 달아올라 있었다. 잠시 후 산 아래 도착하자 등에 업혀 있던 여인이 신음을 내더니 정신을 차렸다. 할머니의 따스한 체온에 그 여인의 언 몸이 녹은 것이었다. 그리고 할머니 역시 그 여인을 업은 덕분에 얼어 죽지 않고 산을 넘을 수 있었다.

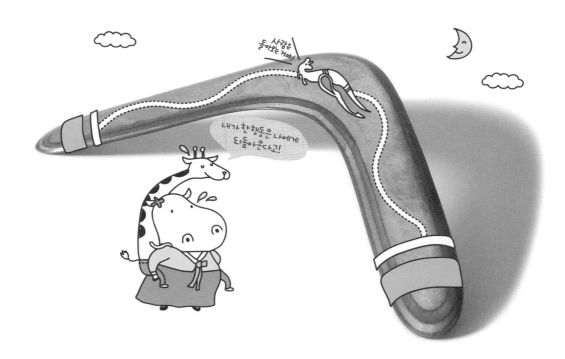

 **잠깐만!**

공자의 가르침은 한마디로 '인(仁)'이라고 할 수 있습니다.

"지사(志士)와 인인(仁人)은 삶을 구하여 인(仁)을 해치는 일이 없고 살신(殺身)함으로써 인을 이룩하는 것이다. 즉, 뜻이 있는 사람이나 어진 사람은 목숨이 아까워서 인에 어긋나는 행동을 하지 않으며 자기 한 몸을 죽이더라도 인을 이루고야 만다."

살신성인(殺身成仁), 그것은 나를 죽여 어짊을 이루는 것입니다. 그것은 때로 남도 살리지만 자신에게도 유익할 때가 많습니다.

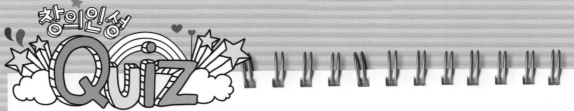

'혼자 가면 빨리 가지만 함께 가면 멀리 갈 수 있다.'는 말이 있습니다.

위의 이야기에 나오는 할머니는 그날 무척 힘들었겠지만 또한 매우 뜻깊은 날이

었을 것입니다. 할머니의 입장이 되어 그날의 일을 일기로 써 보세요.

_____

_____

_____

_____

_____

_____

_____

_____

_____

_____

_____

_____

# 사랑의 발명품

재봉틀을 발명한 사람은 영국의 토머스 세인트로 알려져 있다. 그러나 그 재봉틀을 가정에서 손쉽게 사용할 수 있도록 실용화한 사람은 미국의 아이작 싱어이다. 아이작 싱어가 재봉틀을 연구하여 실용화에 성공하게 된 것은 우연이 아니었다. 그것은 아내에 대한 사랑 덕분이었다.

아이작 싱어는 몸이 몹시 허약해서 결혼 후에도 자주 병석에 누웠고, 그로 인해 집안은 가난에 허덕여야 했다. 이런 상황이라면 아내가 남편을 원망할 만도 한데, 싱어의 아내는 남편에 대한 사랑이 많은 사람이라서 늘 불평 없이 간호해 주었다. 그리고 틈날 때마다 옷감을 수선하여 생활비를 마련했다. 삯바느질을 했던 것이다.

싱어는 병석에 누워, 삯바느질로 고생하는 아내를 물끄러미 바라보며 늘 고맙게 생각했다. 그러면서 어떻게 하면 아내의 바느질을 도울 수 있을까 궁리했다.

원래 기계 수리공이었던 싱어는 몇 가지 부품을 구해 재봉틀을 연

## 생각이 껑충!

**여보, 돈이 생겼어!**

아이작 싱어가 훌륭한 점을 두 가지 이야기 하라고 하면 이렇게 말할 수 있겠네요. 아내에 대한 고마움과 사랑으로 표준형 재봉틀을 발명한 점과, 또 나중에 부자가 되었지만 검소한 생활을 했다는 점입니다. 만약 싱어가 부자가 되어 사치스러운 생활을 했다면 아내와의 관계는 어떻게 되었을까요? 상상해 보세요.

구하기 시작했다. 수많은 실험과 시행착오 끝에 그는 오늘날과 같은 성능의 실용적인 재봉틀을 만드는 데 성공했다.

그리고 그 기술을 이용해 표준형(HL형) 재봉틀 특허를 얻어 뉴욕에 큰 공장까지 세웠다. 이 일로 싱어는 부자가 되었지만 그와 아내는 검소한 생활을 해 나갔고 더욱 칭송

받는 사람이 되었다.

　싱어에게 큰 부를 가져다준 재봉틀은 어쩌면 아내에 대한 고마움이 만들어 낸 '사랑의 기적'이 아닐까?

### 잠깐만!

비록 가난하여 어렵지만 그런 현실에 굴하지 않은 아이작 싱어에게 아름다운 미래가 펼쳐졌습니다. 아내를 사랑하는 마음, 고생하는 아내를 돕고 싶은 마음, 그리고 남편을 위해 헌신하며 인내했던 아내의 따스한 사랑들이 모여 '사랑의 발명품'이 태어난 것입니다.

### 생각이 껑충!

#### 사랑의 발명품 II

빨대에 주름을 넣어 꺾이게 만든 주름 빨대. 주름 덕분에 음료수를 편히 먹을 수 있게 되었죠. 이 주름 빨대를 발명한 사람은 일본 요코하마에 사는 한 어머니였습니다. 이 어머니는 아들이 병에 걸려 매일 누운 채로 약이나 우유를 먹는 걸 보고, 어떻게 하면 불편하지 않게 우유를 먹일 수 있을까고민했습니다. 그리고 결국 주름 빨대를 고안해 내게 되었죠. 세상에 태어난 수많은 발명품들 중에는 이처럼 '사랑'에서 시작된 것이 많답니다.

아이작 싱어가 실용화하여 특허를 받은 표준형 재봉틀이 지금 우리나라에 처음 수입되었다고 가정하고 이 재봉틀을 소개하는 광고지를 만들어 봅시다. 다음 예를 참고하여 여러분이 직접 작성해 보세요.

표준형 재봉틀로
사랑을 누비세요.

미움은 박음질하여 꽉 눌러버리고
희망의 새 옷을 만들어 보세요.

표준형 재봉틀은
'사랑의 선물'이며
'사랑의 열매'입니다.

_____

_____

_____

_____

_____

_____

_____

# 배가 터진 개구리

연못가 풀숲에서 아기 개구리가 놀고 있었다. 그때 갑자기 큰 황소가 나타났다. 깜짝 놀란 아기 개구리는 황급히 집으로 돌아와, 아빠 개구리를 찾았다.

"아빠, 큰 괴물이 나타났어요! 얼마나 놀랐는지 몰라요."

그 말을 들은 아빠 개구리는 자기 배를 크게 부풀리며 물었다.

"얼마나 큰데 그렇게 놀랐어? 이만큼 크더냐?"

아기 개구리는 고개를 가로저었다.

"그럼 이만 하더냐?"

아빠 개구리는 자기 배에다 공기를 가득 넣으며 다시 물었지만 아기 개구리의 대답은 마찬가지였다.

"얘가 도대체 뭘 보고 와서 이렇게 호들갑이지? 자, 그럼 이만큼 크더냐?"

아기 개구리의 대답은 역시 '아니오'였다. 아빠 개구리가 아무리 바람을 가득 넣어 배를 부풀려도 아기 개구리가 본 황소에 비하면

생각이 껑충!

식견(識見)
학식과 견문을 아울러 말하는 단어입니다.
즉, 사물을 분별할 수 있는 능력이죠. 학식
은 책이나 롤모델을 보며 배우는 것이고, 견
문은 직접 보고 경험하며 깨닫는 것입니다.
그러니까 많은 것을 보고 듣고 느껴야 식견
이 넓어지겠죠?

너무도 작았던 것이다.

똑같은 대화가 몇 번 더 오고 갔다. 아빠 개구리는 있는 힘을 다해 배를 부풀렸다. 더, 더, 더…….

그렇게 풍선처럼 부풀어 오른 아빠 개구리의 배는 그만 뻥, 터져 버리고 말았다.

224

 잠깐만!

'우물 안 개구리'만 아니라 '연못가 개구리'도 식견이 좁기는 마찬가지군요.

개구리는 개구리의 한계가 있습니다. 배를 부풀린다고 어찌 황소가 되겠습니까. 아빠 개구리는 왜 자꾸 배를 부풀리며 황소의 크기를 표현해 보려고 애를 썼을까요? 그 이유는 직접 황소를 본 적이 없어서 황소가 얼마나 큰지 잘 몰랐기 때문이죠.

이처럼 우리 사람도 식견이 좁으면 무모해집니다. 자기가 할 수 있는 일과 도저히 하지 못할 일을 구분하기가 어려워지는 것입니다.

아빠 개구리의 배가 터지기 전에, 아기 개구리가 좀 더 자세히 황소를 설명할 수는 없었을까요? 여러분이 아기 개구리가 되어 아빠 개구리에게 황소의 크기를 잘 묘사해 보세요.

_____

_____

_____

_____

_____

_____

_____

_____

_____

_____

# 펌프 앞의 팻말

미국 아마고사 사막을 가다 보면 중간쯤에 물 펌프 하나가 있는 걸 볼 수 있다. 사막을 지나는 사람들이 뜨거운 햇볕에 지쳐 쓰러질 때쯤 볼 수 있는 펌프라, 말 그대로 오아시스보다 더 귀한 물 펌프다. 그런데 그 펌프 앞에는 다음과 같은 특이한 내용의 팻말이 세워져 있다.

이 펌프에 물을 붓고 펌프질만 하면 시원한 지하수가 나옵니다. 땅 밑에는 언제나 물이 있으니까요. 펌프 옆, 바위 밑을 파면 물이 가득 담긴 병이 묻혀 있습니다. 햇볕에 증발하지 않도록 마개를 잘 막아 두었습니다. 마중물이지요. 그 병을 꺼내서 물을 펌프에 부으십시오. 단, 물병 안의 물을 한 모금이라도 마시면 안 됩니다. 물이 모자라 펌프로 물을 끌어올릴 수 없게 됩니다. 제 말을 믿으시길 바랍니다. 마중물을 그대로 붓는다면, 틀림없이 물은 펑펑 나와서 당신이 필요한 만큼 충분히 쓸 수 있을 것입니다. 그리고 물을 다 쓴 후

## 생각이 껑충!

--------------------------

**다음 여행자를 위해**
이 물 펌프 앞에 세워진 팻말은 찾아오는 사람에게 마중물을 먹느냐 마느냐의 딜레마를 안겨 줍니다. 물 펌프에서 물을 길어 올려 목을 충분히 적셨다면, 다음 사람을 위해 다른 방법을 마련해 줄 순 없을까요? 여러분이 한번 도전해 보세요.

에는, 다시 병에 물을 가득 채워서 마개로 막아 처음 있던 그대로 다시 묻어 두십시오. 다음에 오는 사람을 위해서 말입니다.

※ 병의 물을 먼저 마시면 절대 안 됩니다. 여기 적힌 말을 꼭 믿으시고 이대로 실천하시길 다시 부탁드립니다.

228

 잠깐만!

사회에는 사회와 구성원 자신을 위하여 꼭
지켜야 할 규칙을 정해 놓고 강제성을 부
여해 놓은 것이 있습니다. 바로 '법'입니다.
법은 우리를 옭아매는 올가미가 아닙니다.
도리어 우리가 자유롭고 평화롭게 살 수 있
도록 해 주죠.

이 이야기에서, 병의 물을 먼저 마시지 말라
는 지시를 어긴 사람은 자기뿐 아니라 남에게도 피해를 주게 됩니
다. 또 자기만 실컷 마시고 병에다 물을 담아 두지 않은 사람 역시
남에게 피해를 주게 됩니다. 그런 사람이 없도록 하기 위해서 법이
필요한 것이랍니다.

여러분이 이 사막 한가운데 있다고 상상해 보세요. 너무 목이 타서 참을 수가 없는데 마침 물 펌프가 앞에 나타났습니다. 여러분은 팻말에 적혀 있는 대로 마중물을 찾아 붓기로 합니다. 그런데 순간 의심이 머리를 획 스쳐 갑니다. 물 펌프가 녹이 슬고 낡을 대로 낡아서 마중물을 쏟아도 물이 올라올 것 같지가 않은 것이죠. 만약 정말 물이 안 나오면 심한 탈수 증상으로 생명이 위험해질 것만 같습니다. 차라리 마중물이라도 마시면 그런 위기는 모면할 수 있겠다는 생각이 들겠죠.
이런 상황일 때, 여러분은 어떻게 행동하겠습니까? 여러분의 결정은 무엇인지를 적고 그 이유도 자세히 써 보세요.

_____

_____

_____

_____

_____

_____

_____

_____

_____

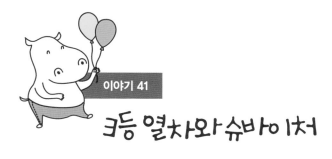

# 3등 열차와 슈바이처

원시림의 성자, 20세기의 예수로 불리며 사람들의 존경을 받았던 슈바이처 박사. 그의 삶은 봉사와 희생의 연속이었다. 슈바이처 박사는 아프리카의 흑인들이 의사가 없어 고통당하는 사실을 알고 적도 아프리카로 건너가 목숨을 바쳐 흑인들을 위한 삶을 살았다. 1952년 노벨평화상을 수상했을 때에는 상금 전액을 털어 나환자를 위한 마을을 세웠다. 남을 위한 삶이 무엇인지를 보여준 것이다.

어느 날 그가 아프리카 주민을 위한 모금을 위해 고향에 돌아오게 되었다. 고향 역에는 아프리카의 성자를 맞이하려는 많은 사람들이 나와 있었다.

기차가 멈춰 섰다. 환영객들은 슈바이처 박사가 으레 1등 칸이나 2등 칸에서 나올 줄 알고 그 앞에 모여 있었다. 그러나 슈바이처는 맨 뒤쪽인 3등 칸에서 모습을 보였다. 한 사람이 물었다.

"박사님, 어째서 3등 칸에 타셨습니까?"

그러자 그는 밝게 웃으며 능청스럽게 말했다.

"4등 칸이 어디 있어야지요."

## 잠깐만!

다음은 전 중국 수상인 주은래의 부인이자, 중국 인민정치협상회의 주석을 지낸 등영초 여사의 유언 내용입니다.

내가 죽은 후 일절 공식 행사를 하지 말아 주세요. 유해는 의학 실습용으로 사용하고 나서 태운 후, 중국의 산하에 뿌려 주십시오. 내가 살던 집을 절대로 기념관 따위로 만들지 말 것이며, 대신 전 국민이 쓸 수 있는 공간으로 거듭나게 해 주십시오. 수의는 평소에 입었던 검정색 옷으로 해 줄 것을 부탁합니다.

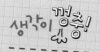

**생각이 껑충!**

**유언**

죽기 직전, 여러분의 옆에 여러분이 사랑했고 또 여러분을 사랑해 주었던 사람들이 있습니다. 그들에게 마지막 인사를 남겨야 할 시간입니다. 가장 먼저 무슨 말을 해 주고 싶은가요?

등영초 여사가 수의로 선택한 옷은 그녀가 39년간 입었던 것으로, 군데군데 천을 대서 기웠고 단춧구멍 주위에는 먼지가 폴싹거릴 정도로 낡은 옷이었다는군요.

과소비 시대, 허영과 사치가 판치는 세상에서 정말 듣기 힘든 아름다운 이야기입니다.

한 사람이 삶을 마감하고 나면 그에 대한 평가가 뒤따릅니다. 이런 삶에 대한 평가는 그 사람이 남긴 재산이나 지위, 학벌 등과는 무관한 듯합니다.

위의 슈바이처 박사나 등영초 여사 이야기를 통해, 한 인간에 대한 평가는 주로 무엇을 통해 이루어지는지를 적어 보고 따라서 우리는 어떤 삶을 살면 좋을지 생각해 보세요.

_____

_____

_____

_____

_____

_____

_____

_____

_____

# 딸과 며느리

오랜만에 만난 두 중년 부인, 경자 씨와 재숙 씨가 서로 안부를 물으며 대화를 나누고 있었다. 이야기를 나누다 재숙 씨가 경자 씨에게 맏딸 소식을 물었다.

"맏딸이 시집을 아주 잘 갔다면서?"

"그럼. 아주 팔자가 늘어졌어. 살림은 가정부가 다 해 주고 자기는 그저 수영장이나 헬스클럽, 동창회 같은 데 돌아다니는 게 일이래."

"그래? 시부모도 모시지 않는 모양이구나."

"응, 결혼할 때부터 시부모 모시지 않기로 했지."

고개를 끄덕이던 재숙 씨가 계속 물었다.

"지난번에는 아들도 장가보냈다면서?"

"으응, 그랬지."

"며느리는 어때?"

"야, 말도 마라. 우리 아들 정말 마누라 복이 없어. 어디서 그런 여자를 만났는지……."

"왜? 며느리가 어떤데?"

"자기 멋대로 사는 거 있지. 집안일은 가정부에게 맡겨 놓고 자기는 마사지나 받으러 다니고 동창회 가는 게 일이라니까. 게다가 시부모는 모시지 않겠다고 결혼하기 전부터 조건을 내세우지 않겠니? 요즘 젊은 것들 얼마나 이기적인지. 사나흘이 멀다 하고 툭하면 친정에 가고, 아주 며느리만 생각하면 열이 올라!"

## 잠깐만!

어떤 입장에서 바라보는지에 따라 똑같은 상황도 해석이 완전히 달라지는 경우가 많습니다. 사람에게는 누구든 자기중심적이며 이기적인 속성이 조금씩 있기 때문이죠. 이기(利己)를 극복하고 이타(利他)로 변화되는 과정이 곧 인격 수양과 성숙의 과정입니다.

중국 춘추시대 위(衛)나라에는 임금의 총애를 받는 미자하(彌子瑕)라는 사람이 있었습니다. 그는 여러 면에서 능력이 탁월하여 임금의 사랑을 독차지했죠. 어느 날 미자하는 자신의 어머니가 매우 위급하다는 전갈을 받았습니다. 궁궐에서 어머니가 살고 있는 집까지는 너무 멀어서 그는 임금 몰래 임금의 전용 수레를 타고 궁을 빠져나가 어머니에게 갔습니다.

그런데 위나라의 법에는 임금의 허락 없이 임금의 수레를 타면 큰 벌을 받게 되어 있었답니다. 하지만 임금은 사실을 알게 되었음에도 처벌은커녕 오히려 미자하를 칭찬했습니다.

"참으로 보기 드문 효자로다! 어미의 위급한 소식을 듣고서 큰 형벌을 각오하고 내 수레를 몰고 갔다니, 이는 오히려 칭찬받아야 마땅한 일이도다!"

그로부터 얼마 후, 미자하는 임금을 모시고 복숭아밭에 놀러 가게

되었습니다. 임금과 함께 복숭아를 맛있게 먹던 미자하는 갑자기 자기가 먹던 복숭아를 임금에게 내밀었습니다. 너무나 맛이 있어서 반쯤 먹던 복숭아를 임금께 바쳤던 것입니다. 임금은 또 이렇게 칭찬을 했습니다.

"그대는 과인을 끔찍이도 생각하는구나! 먹다만 것이기는 하나 얼마나 맛있었으면 나에게 이렇게 건네주었겠는가. 정말 고마운 일이로다."

그러나 미자하에 대한 임금의 총애도 어느덧 시들해지기 시작했습니다. 어느 날 미자하가 사소한 잘못을 저지르자 임금은 불같이 화를 내며 이렇게 말했습니다.

"무척 괘씸한 놈이도다! 네놈은 전에 내 허락도 없이 임금의 수레를 함부로 탄 적도 있고, 게다가 자기가 먹다만 복숭아까지 내게 준 예의가 없는 놈이다. 이런 발칙한 놈은 용서할 수 없다! 죽어 마땅하나 한때나마 내가 총애했던 것을 생각하여 목숨만은 살려 주겠다!"

그렇게 말하고 임금은 미자하를 궁궐에서 내쫓아 버렸다고 합니다.

여러분도 위의 두 가지 이야기와 비슷한 경험을 한 적이 있을 것입니다. 기분에 따라서, 또는 보는 관점에 따라서 남의 똑같은 행동이 전혀 다르게 느껴졌던 경험 말입니다.

나와 친한 친구가 숙제를 해 오지 않으면 그럴 만한 이유가 있었을 것이라고 생각되지만, 나와 별로 친하지 않은 아이가 숙제를 안 해 오면 괜히 못난 아이처럼 여겨지죠. 또는 우리 가족 중 누군가가 저지른 잘못은 쉽게 용서가 되지만, 낯선 사람이 공중도덕을 어기면 금방 화가 치밀어 오르던 경험이 있을 겁니다. 그런 기억들을 떠올려 보세요. 그리고 그런 사건이나 일들을 자세히 써 보세요.

_____

_____

_____

_____

_____

_____

_____

_____

# 어느 페인트공의 죽음

    도심을 지나다 보면, 높은 빌딩에 아슬아슬하게 매달려 건물 벽에 페인트칠을 하고 있는 사람들을 가끔 보게 된다. 몇 가닥 밧줄을 믿고 높은 공중에서 작업을 해내는 것이다.

    인천에서 있었던 일이다. 도색공인 신 씨는 점심 식사를 마치고 다시 작업장으로 돌아왔다. 익숙하게 밧줄을 몸에 묶고서 페인트칠을 시작했다. 그런데 작업을 시작한 지 한 시간도 채 안 되어 그는 15m 아래로 추락해 숨지고 말았다. 밧줄이 낡았던 것도 아니었고 매듭이 풀린 것도 아니었다. 이유는 전혀 엉뚱한 곳에 있었다.

    추락사의 원인은 그가 피우다 버린 담배꽁초에 있었다. 신 씨는 점심을 먹은 뒤엔 항상 옥상에서 담배를 피우고, 꽁초를 건물 밑으로 던지는 습관이 있었다. 그런데 사고가 난 날에는 하필 꽁초가 매달아 둔 작업 지지대에 떨어졌고, 미처 다 꺼지지 않은 담뱃불이 밧줄에 옮겨 붙었던 것이었다.

    사람은 누구나 무엇인가를 믿고 살아간다. 우리가 믿고 우리 삶

**습관 고치기**

습관이란 건 '그렇게 행동해야지.'라고 생각하지 않아도 저절로 하게 되는 것들입니다. 그만큼 고치기 어렵죠. 고치는 게 다 무엇인가요, 그런 습관이 있다는 것조차 깨닫지 못하는 경우가 수두룩합니다. 습관을 고치려면 눈에 보이는 곳에 '나의 나쁜 습관'을 적어 두고 자주 보면서 인식하는 게 중요합니다. 오늘부터 실천해 보세요. 습관이 사라지는 그날까지!

의 무게를 실어 놓은 그것이, 마치 페인트공의 밧줄처럼 언젠가 쇠잔하고 끊어질 가능성이 있지는 않은지 염려해 봐야 하겠다. 특히 그 밧줄을 끊게 만드는 것이 스스로 버린 담뱃불 때문은 아닐는지 말이다.

 **잠깐만!**

'습관은 제2의 천성이다.' 영국 속담입니다. 나쁜 습관이 우리의 삶을 조금씩 파멸로 이끕니다. 흡연이 그렇고, 음주가 그렇고, 인터넷 중독이 그렇습니다. 때로는 겉으로 드러나지 않아 대수롭지 않게 여기는 작은 습관 때문에 큰 낭패를 당하는 수도 있습니다. 페인트공의 담배꽁초처럼, 여러분 자신의 삶을 좀먹고 있는 나쁜 습관에는 어떤 것이 있습니까?

**생각이 껑충!**

- - - - - - - - - - - -

**우리의 미래는 어디에 달려 있는가?**
'성상근 습상원(性相近習相遠)'이란 말이 있습니다. 사람의 타고난 성품은 별 차이가 없으나 습관에 의해 큰 차이가 생긴다는 뜻입니다. 어쩌면, 우리의 미래는 우리의 습관에 달려 있는지도 모릅니다.

지난 1년간 여러분의 생활을 차분한 마음으로 되돌아봅시다. 그리고 '나쁜 습관'을 찾아봅시다. 누구에게나 고쳐야 할 습관들이 있기 마련이죠. 그런 습관을 찾아내어 습관이 생긴 이유와 그 습관이 주는 폐해, 그리고 그 습관을 고치기 위한 방법이나 노력 등을 써 보세요.

_____

_____

_____

_____

_____

_____

_____

_____

_____

_____

# 쌍둥이 형제의 다른 삶

작은 마을에 쌍둥이 형제가 살고 있었다. 어느 날 그들은 이웃 마을의 양을 훔치기로 했다. 별다른 욕심이 있어서가 아니었다. 심심하던 차에 장난삼아 해 본 일이었다.

쌍둥이는 결국 주인에게 잡히고 말았다. 성질이 고약했던 양 주인은 두 아이의 이마에다 불에 달군 쇠붙이로 도장을 찍었다. 'S. T.'라고 불도장을 찍은 것이다. S. T.는 'Sheep Thief'의 머리글자로 '양 도둑'이라는 뜻이었다.

그 후 두 아이의 성격은 달라지기 시작했다. 창피해서 집 밖에 나가지 않았다. 죄의식 속에 파묻히게 되었고 자연히 성격도 비뚤어졌다.

그러던 중 형에게 변화가 찾아왔다. 형은

## 생각이 껑충!

**불도장과 문신**

불도장은 문신을 형벌로서 사용한 것입니다. 고려시대에 도둑질을 한 사람의 팔뚝에 '도(盜)'자를 새기는 형벌이 있었죠. 도망친 노비를 잡았을 때도 불도장을 찍었습니다. 불도장 형벌은 낙인을 찍음으로써 그 사람의 인권과 기회, 자유 등을 빼앗는 것입니다.

그런데 요즘 사람들은 문신을 하나의 예술이자 패션으로 생각합니다. 너도 나도 문신을 새기죠. 여러분은 어떻게 생각하나요? 불도장과 문신은 다를 게 없으니, 문신을 한다는 것은 스스로 자신의 몸에 지울 수 없는 굴레를 씌우는 것일까요? 아니면 개성을 살려 주는 패션이며 예술일까요?

친구와 함께 교회에 나가면서 생각을 바꾸게 되었다. 친구들이 양 도둑이라고 놀려 댈 때 그는 이렇게 응수했다.

"그래, 난 양을 훔친 적이 있어. 하지만 지금은 양 도둑이 아니야. 나는 진심으로 뉘우쳤어. 예수님께서는 회개하면 어떤 죄든지 용서해 주신다고 했어."

한편 동생은 죄의식과 부끄러움을 안고서 문 밖으로 절대 나가지 않았다. 동생은 점점 알코올 중독자가 되어 술병을 끼고 살았고, 심한 우울증까지 겹쳐 결국 폐인이 되고 말았다.

많은 세월이 흘렀다. 쌍둥이들도 장년을 넘어 백발이 성성한 할아버지가 되었다.

자신의 과실을 뉘우치고 죄책감을 털어 버린 형은 쾌활하고 낙천적인 사람이 되어 있었다. 그리고 한때의 잘못으로 감옥을 드나드는 청소년들을 교화하는 일에 헌신하였다. 자기 죄를 용서받은 기쁨을 안고 성실하게 인생을 살아간 것이다.

세월이 흘러 이제 그 마을에는 형의 이마에 찍힌 S. T.가 무엇을 뜻하는지 아는 사람이 아무도 없었다. 오히려 마을 사람들은 그 글자의 뜻을 'Saint(성자)'의 약자라고 생각했다. 그때부터 쌍둥이 형은 성자(聖者)라고 불리게 되었다.

 잠깐만!

인간은 누구나 실수를 할 때가 있습니다. 절제하지 못해 잘못을 저지를 수도 있습니다. 그런데 죄와 잘못을 저지른 뒤의 생각이 그 사람의 인생을 좌우한다는 걸 아나요? 원래 잘못을 저지른 후에 죄의식을 갖는 것은 마땅한 일입니다. 그러나 심한 죄의식은 사람에게 절망감을 심어 주고 자포자기로 이끕니다. 잘못을 저질렀다면 진심으로 뉘우치고서 죄의식의 포로가 되지 말아야 합니다.

생각이 껑충!

**나 자신을 용서하라, 앞으로 나아갈 수 있도록**
참으로 고통스럽고 잘못된 청소년기를 보냈지만, 지금은 세계적인 유명인사가 된 오프라 윈프리. 그녀는 이런 말을 남겼답니다.
"과거에 매달려 앞으로 나아가지 못하는 것은 결코 나를 위한 일이 아니다. 용서하라. 나 자신을 위해……."
오프라 윈프리의 말에서 '과거에 매달려 앞으로 나아가지 못하는 것은 무슨 뜻일까요? 지금 여러분을 앞으로 나아가지 못하게 붙잡고 있는 것은 무엇인가요?

알코올 중독자가 있었습니다. 그는 술만 마시면 아들에게 폭행을 가했고 동네 사람들과 싸움을 일삼았습니다. 그는 평생을 그렇게 살다가 환갑이 되기 전에 병으로 죽고 말았습니다.

이 알코올 중독자에게는 두 아들이 있었습니다. 형은 아버지와 똑같이 알코올 중독자가 되어 길거리를 헤매고 다녔습니다. 동생은 알코올 중독자를 전문적으로 치료하는 의사가 되었습니다.

어떤 사람이 형에게 왜 알코올 중독자가 되었느냐고 물었습니다.

"왜긴 왜겠어요. 아버지가 알코올 중독자였으니 그렇지."

형의 대답이었죠. 이번에는 동생에게 물었습니다.

"당신은 왜 알코올 중독자 전문 치료사가 되었습니까?"

그러자 동생은 이렇게 답했습니다.

"우리 아버지가 알코올 중독자였기 때문입니다."

참 흥미로운 이야기입니다. 형과 동생이 서로 똑같은 대답을 했지만 그 대답 다음에 이어지는 설명은 서로 다를 것입니다.

여러분이 형과 동생의 입장이 되어 자신이 왜 알코올 중독자가 되었고, 또 알코올 중독자를 치료하는 의사가 되었는지 설명을 덧붙여 보세요.

_____

_____

_____

# 처칠과 교통경찰

영국 수상 처칠을 태운 차가 속도위반으로 교통경찰에게 잡혔다. 운전기사가 경찰에게 사정조로 말했다.

"수상 각하의 차입니다. 지금 국회에 가는 길인데 시간이 늦어 좀 과속을 했어요."

교통경찰은 뒷좌석에 앉아 있는 처칠을 힐끔 쳐다보았다. 그러고는 냉담하게 말했다.

"얼굴은 수상 각하를 닮긴 했는데, 수상의 차가 교통 법규를 위반할 리 없습니다. 어서 면허증을 보여 주십시오."

교통경찰의 말에 깊은 감명을 받은 처칠은 그날로 경시청 총감을 불러 자초지종을 이야기한 후, 그 교통경찰을 특진시키도록 명령했다. 그러자 경시청 총감은 일언지하에 그 명령을 거부했다.

"각하, 죄송합니다. 우리 경찰법에 그런 경찰을 특진시키라는 규정은 없습니다. 그는 과속 차량을 단속하는 지극히 일상적인 업무를 수행했을 뿐입니다."

**우리나라 대통령의 차가 속도위반에 걸렸다**
이 이야기는 영국에서 일어난 일이군요. 이
상황을 우리나라에 대입해 보면 어떻게 될
까요?
'우리나라 대통령을 태운 차가 속도위반으로
경찰에게 잡혔다.'로 시작하는 이야기를 한번
꾸며 보세요

처칠은 싱긋 웃으며 혼자 중얼거렸다.

"오늘은 경찰에게 두 번씩이나 당하는

군."

🍎 **잠깐만!**

1977년 봄, 영국 런던의 치안 재판소에 수

많은 사람이 몰려들었습니다. 방송국 카메

라까지 동원되었지요. 앤 공주가 재판을 받는 날이었습니다. 죄명

은 역시 과속 운전이었습니다. 그녀는 변호사를 통해 "고속도로가

텅 비어 있어서 속도를 내었다. 시민과 법정에 대해 심히 죄송하게 생각한다."라고 말했습니다. 판사 라이스는 40파운드의 벌금과 함께 면허증 뒤에 '속도위반 벌금 처분'이라는 사실을 기재토록 하는 판정을 내렸다고 합니다.

만인은 법 앞에 평등합니다. 그 당연한 명제가 지켜지는 것 역시 당연한 일입니다. 그런데 특권층에게 법이 공평하게 적용되었다는 사실이 이야깃거리가 되는 이유는 무엇일까요? 당연히 평등해야 할 법이 평등하게 집행되지 않기 때문이겠죠. 많은 권리와 부를 가진 사람일수록 법을 지키려고 노력할 때 우리 사회는 더욱 발전할 수 있을 것입니다.

처칠을 태운 차가 규정 속도를 위반하고 달릴 때, 교통경찰 역시 규정 속도를 위반하여 추격해야만 처칠의 차를 따라잡을 수 있었을 것입니다.

이 경우 여러분은 어떤 판결을 내리겠습니까? 다음 둘 중 하나를 선택하여 그 이유를 써 봅시다.

1. 교통경찰도 규정 속도를 어겼으므로 법을 지키지 않은 것이니까 잘못한 일로 봐야 옳다.

2. 속도위반 차량을 검거하는 것이 교통결찰의 임무고, 이를 위해서 불가피하게 법규를 어겼으므로 면책을 해 주어야 옳다.

2번 의견에는 국가적으로 중대한 업무를 처리하기 위해 국회로 가던 중 속도를 위반한 처칠 수상에게도 그 상황을 감안하여 책임을 물을 수 없다는 반론을 제기할 수 있습니다. 2번을 선택했다면, 이런 주장에 대해서는 어떻게 반박할지도 생각해 봅시다.

_____

_____

_____

_____

_____

_____

# 화장과 욕설

    〈화장, 마음을 훔치다〉란 TV 프로그램에서 여중생들의 43.1%가 색조 화장을 자주 한다는 결과가 발표되었다. 10대를 겨냥하여 성인 화장품 못지않은 다양한 제품과 시장이 형성되어 있다고 한다.

    그런데 청소년의 과도한 화장은 심각한 문제가 있다. 섣부른 색조 화장은 성장기의 여린 피부를 자극하여 피부를 상하게 한다. 특히 타르 색소가 든 화장품은 독성이 있어서 피부염을 일으킬 수도 있다.

    예뻐 보이고 싶은 욕망을 비난할 수는 없다. 그러나 예쁘다는 것이 자산이요, 재능이라는 외모 중심 문화에는 문제가 있다. '예쁘다, 아름답다' 그런 말이 외모에만 아니라 정신적인 면에서도 사용된다는 사실을 요즘 학생들은 모르는 듯하다.

    쌍꺼풀이 없고 코가 낮아도 사람은 얼마든지 아름다울 수 있다. 그런 사람을 만나면, 가을 하늘을 배경으로 발돋움하고 서 있는 두메부추꽃을 볼 때처럼 마음이 훈훈해진다.

여기 기막힌 아이러니가 있다. 예뻐 보이기 위해 화장을 하는 10대들이 자기 마음이나 인격은 전혀 예쁘게 관리하지 않는다는 이야기다. 2010년 교육과학기술부의 발표에 의하면 '대화의 반 이상이 욕이다.'라고 응답한 학생이 73%라고 한다. 아무리 예쁜 립스틱을 발라도 그 입에 욕을 담는다면 전혀 예뻐 보이지 않는다.

실제로 학교에서 학생이 모여 있는 곳을 지나가다 보면, 낯이 뜨거워지는 욕설을 자주 듣는다. 그럴 때 충고나 꾸지람을 하고 지나

가지만 그 아이들의 마음속에 충고가 받아
들여졌을지는 의문이다. 등 뒤에 대고 욕
이라도 하지 않으면 다행이다.

**왜 벌써 화장을 할까?**
학생들이 왜 화장을 하는 것일까요? 여러
분은 색조 화장을 한 학생을 볼 때 무슨 생
각이 드나요?

시인 김정란은 '욕은 무력하고 줏대 없고
무식한 자기 정신을 숨기기 위한 어설픈 위
장이다.'라고 했다. 욕은 상대를 모욕하고 저주하는 언어이다. 그래서
욕을 '분노를 폭발하여 언어로 전쟁을 치르는 것'이라고 말하는 학자
도 있다.

색조 화장을 자주 하는 여중생 43.1%, 대화의 반 이상 욕을 섞어
말하는 73%. 이 두 개의 통계치가 보여 주는 현실은 곧 우리 미래의
모습이다.

### 잠깐만!

한 학생이 다음과 같이 욕설의 긍정적 측면을 주장했습니다.
"욕설도 일종의 의사소통의 한 부분입니다. 사람이 화가 나면 화를
표현할 수도 있잖아요. 그럴 때 폭력을 행사하는 것보다 욕을 하는
것이 그래도 낫지 않나요? 또 긴장감에 휩싸일 때나 스트레스가 쌓
일 때 한바탕 욕을 하고 나면 실제로 마음이 시원해집니다. 그렇게
보면 욕설은 스트레스를 해소에 도움이 되는 것이 분명합니다.

생각이 껑충!

- - - - - - - - - - - - - - - -

**욕의 유래를 찾아보자**

여러분은 욕을 자주 하나요? 어떤 사람은 욕을 할 상황이 아니어도 무의식중에 욕을 내뱉기도 합니다. 너무 자주 욕을 하다 보니 말버릇으로 굳어진 것이죠. 하지만 쉽게 하는 욕이 어떤 말에서 온 것인지 살펴보면, 다음부터 그 욕을 하기가 꺼려집니다. 여러분이 자주 하는 욕의 유래를 찾아보세요. 아마 깜짝 놀랄 겁니다.

우리 청소년들도 사람입니다. 순간순간 쌓이는 스트레스를 풀 수 있는 기회가 거의 없는 학교생활에서 욕설마저 사용하지 못하게 하면 우리들은 정말 언젠가는 가슴이 폭발할지도 모릅니다. 심하면 더 큰일을 저지를 수도 있어요. 그런 면에서 욕설은 꼭 나쁜 것만은 아닙니다.

또한 때에 따라서 욕설은 꼭 화가 나서 한다기보다는 친한 친구끼리 친근감을 표현하는 데도 도움을 줍니다. 실제로도 적당히 욕을 섞어서 말해도 전혀 오해하지 않는 친구가 진짜로 친한 친구거든요."

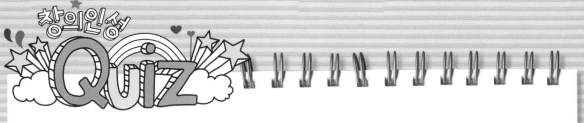

위의 글 '잠깐만!'에 등장하는 학생은 욕설의 긍정적 측면을 말하고 있습니다. 얼핏 들으면 그럴듯하게 여겨질 수도 있죠. 그러나 찬찬히 들여다보면 많은 문제점을 안고 있는 주장입니다. 이 학생의 주장을 다시 잘 읽은 후에, 비판하는 글을 써 보세요.

_____

_____

_____

_____

_____

_____

_____

_____

_____

# 나는 어떻게 하고 있는가?

특이한 이름을 가진 네 사람이 살고 있었다. 그들의 이름은 이러했다.

모든 사람(everybody), 어떤 사람(somebody), 누구라도(anybody), 아무도(nobody).

어느 날 급하게 해결해야 할 중요한 일이 생겼다. 그 일은 '모든 사람'이 할 거라고 생각하고 소홀히 여겨졌다. 그러나 '누구라도' 할 수 있는 그 일을 결국 '아무도' 하지 않았다.

'어떤 사람'은 매우 화가 났다. 왜냐하면 이 일은 '모든 사람'의 일이었기 때문이다. '아무도' 역시 '모든 사람'이 그 일을 하지 않을 것이라곤 생각하지 않았다. 결국 이 일은 '모든 사람'이 '어떤 사람'을 비난하는 일로 번져갔다. 그러나 애초에 '누구라도' 할 수 있는 일이었는데 '아무도' 하지 않았던 것이 원인이었을 뿐, 탓한다고 이미 끝나 버린 일이 되돌아가지는 않는다.

 잠깐만!

이 세상을 아름답게 가꾸는 일은 '어떤 사람'의 노력만으로는 이루어질 수 없으며 '모든 사람'에게 주어진 것입니다. '누구라도' 할 수 있는 일들이 많이 있으므로 '아무도' 자신의 일을 게을리해서는 안 됩니다.

그러나 때로는 '누구라도' 할 수 있는 일이 '모든 사람'에게 주어지지만, '어떤 사람'이 하겠지 하는 생각에 '아무도' 하지 않는 경우를 종종 보게 됩니다.

누가 해도 할 일이면 '내가' 합시다. 언제 해도 할 일이면 '지금' 합시다. 이왕 하는 일이라면 더 '잘' 합시다.

everybody somebody anybody nobody

모두가 할일을 미루지 말자고요~

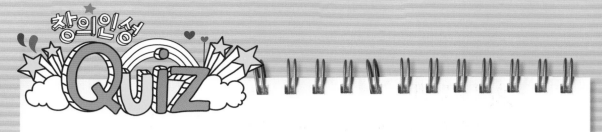

네 사람의 특이한 이름을 사용하여 '잠깐만!'처럼 이야기를 만들되 긍정적인 내용으로 써 보세요. 시작은 이렇게 해 보세요.

'누구라도' 할 수 있는 일이 '모든 사람'에게 주어졌다.

_____

_____

_____

_____

_____

_____

_____

_____

_____

_____

# 꽃

내가 그의 이름을 불러 주기 전에는

그는 다만

하나의 몸짓에 지나지 않았다.

내가 그의 이름을 불러 주었을 때

그는 나에게로 와서

꽃이 되었다.

나의 사랑스러운
꽃들아

내게로 와서
꽃이 되어 주렴

내가 그의 이름을 불러 준 것처럼

나의 이 빛깔과 향기에 알맞은

누가 나의 이름을 불러다오.

그에게로 가서 나도

그의 꽃이 되고 싶다.


우리들은 모두

무엇이 되고 싶다.

너는 나에게 나는 너에게

잊혀지지 않는 하나의 눈짓이 되고 싶다.


이 시를 쓴 김춘수 시인의 말을 잠시 들어 보자.

"모든 존재는 익명의 상태에서 고독하고 불안하다. 이름이 불리지 않는 상태에서 모든 존재는 이름이 불리기를 바란다."

새겨볼 만한 말이다. 이 세상 모든 존재는 자신의 이름이 불리기를 원한다. 다시 말해 다른 사람에 의해 인식되고 발견되길 원한다는 것이다. 들에 핀 풀꽃 하나도 자신의 이

**생각이 쑥쑥!**

**하나의 몸짓들이 꽃이 되어 오는 순간들**

종은 울리기 전까지 종이 아닙니다. 그저 쇳덩어리에 불과합니다.

노래 역시 부르기 전까지는 노래가 아닙니다. 종이에 기록된 음표에 불과합니다.

책은 읽히기 전까지 책이 아닙니다. 누군가 그 책을 읽으며 지식을 얻고 감동받을 때 진정한 책으로 거듭난답니다.

름을 불러 줄 누군가를 원한다. 지나가는 농부에게, 웃으며 달려가는 아이에게 잠시라도 눈길을 받고자 소망한다.

  인간도 마찬가지다. 내가 그의 이름을 불러 주기 전에, 그는 하나의 '몸짓(별 의미 없는 존재)'에 불과했다. 그러나 그의 이름을 불러 줄 때, 그는 비로소 나에게 '꽃(의미 있는 존재)'이 되어 인연을 맺는다. 그 인연이란 영원히 잊을 수 없는 눈짓과 같다.

 **잠깐만!**

베란다에 많은 화분들이 놓여 있습니다. 화분들마다 아무리 아름다운 꽃이 피어 있어도 내가 그 꽃을 바라보고 아름다움을 느끼지 않는다면 꽃은 나에게 있으나 마나 한 것입니다. 없는 것이나 다를 바가 없지요. 내가 꽃들에게 물을 주고 가꾸며 들여다보아야 그 꽃들은 진정 나에게 의미 있는 존재가 되는 것입니다. 김춘수 시인의 말투를 빌려서 말하면, 진정 나에게 와서 '꽃'이 되는 법이죠.

여러분 주변에는 수많은 친구가 있습니다. 하지만 그 친구들 모두가 마음을 터놓을 수 있을 만큼 '의미 있는' 관계는 아닐 거예요. 여러분이 이름을 불러 주어, 여러분에게로 다가와 친구가 되어 준 사람에게만 깊은 마음까지 털어놓을 수 있을 것입니다.

여러분에게는 그런 친구가 있나요? 단 하나의 '꽃' 같은 친구가요.

다음 두 편의 시를 봅시다. 김춘수 시인이 '꽃'에서 말하고자 하는 바를 염두에 두고 감상해 보세요. 그리고 이 두 편의 시를 읽고 느낀 점을 자유롭게 적어 보세요.

그 꽃

- 고은

내려갈 때 보았네
올라갈 때 못 본
그 꽃.

풀꽃

-나태주

자세히 보아야
예쁘다
오래 보아야
사랑스럽다

**아래의 책과 논문을 참고했습니다.**

노경원, 《생각 3.0》(엘도라도, 2010)

조미아, 《창의성을 키우는 독서 학교》(경향에듀, 2010)

조연순 외, 《창의성 교육》(이화여자대학교출판부, 2008)

최인수, 《창의성의 발견》(쌤앤파커스, 2011)

칙센트미하이, 《창의성의 즐거움》(북로드, 2003)

# 창의인성 숲 속 이야기

2012년 6월 25일 1판 1쇄 박음

2012년 11월 15일 1판 2쇄 펴냄

**지은이** 김동훈

**펴낸이** 김철종

**편집장** 이선애

**책임편집** 박지선

**디자인·일러스트** 백은미

**마케팅** 최단비 오영일 유은정

**펴낸곳** 한언

**주소** 121−854 서울시 마포구 신수동 63−14 구프라자 6층

**전화번호** 02)701−6616 **팩스번호** 02)701−4449

**전자우편** haneon@haneon.com **홈페이지** www.haneon.com

**출판등록** 1995년 9월 5일 제1−0701호

ISBN 978-89-5596-642-8   63800

# 한언의 사명선언문

Since 3<sup>rd</sup> day of January, 1998

**Our Mission**  – • 우리는 새로운 지식을 창출, 전파하여 전 인류가 이를 공유케 함으로써 인류문화의 발전과 행복에 이바지한다.

– • 우리는 끊임없이 학습하는 조직으로서 자신과 조직의 발전을 위해 쉼없이 노력하며, 궁극적으로는 세계적 컨텐츠 그룹을 지향한다.

– • 우리는 정신적, 물질적으로 최고 수준의 복지를 실현하기 위해 노력하며, 명실공히 초일류 사원들의 집합체로서 부끄럼없이 행동한다.

**Our Vision**  한언은 콘텐츠 기업의 선도적 성공모델이 된다.

저희 한언인들은 위와 같은 사명을 항상 가슴 속에 간직하고
좋은 책을 만들기 위해 최선을 다하고 있습니다.
독자 여러분의 아낌없는 충고와 격려를 부탁 드립니다.

• 한언 가족 •

## HanEon´s Mission statement

**Our Mission** – • We create and broadcast new knowledge for the advancement and happiness of the whole human race.

– • We do our best to improve ourselves and the organization, with the ultimate goal of striving to be the best content group in the world.

– • We try to realize the highest quality of welfare system in both mental and physical ways and we behave in a manner that reflects our mission as proud members of HanEon Community.

**Our Vision**  HanEon will be the leading Success Model of the content group.